CAMILLE

COMÉDIE-DRAME

EN TROIS ACTES ET EN VERS.

PAR

FERDINAND ACHET.

BOURGES

IMPRIMERIE DE E. PIGELET

SUCCESSEUR DE M. MANCERON.

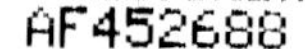

CAMILLE.

CAMILLE

COMÉDIE-DRAME

EN TROIS ACTES ET EN VERS.

PAR

FERDINAND ACHET.

BOURGES

IMPRIMERIE DE E. PIGELET

SUCCESSEUR DE M. MANCERON

1856

PERSONNAGES.

BRÉMONT. . . . . 55 ans.
CAMILLE, sa fille. . . . . 25 —
DARVILLE. . . . . 54 —
HORTENSE, sa fille. . . . . 25 —
DANCOUR, avocat. . . . . . . 50 —
DUVAL, médecin. . . . . 29 —
UN LAQUAIS

La scène se passe à Paris, chez Brémont.

CAMILLE.

ACTE PREMIER.

Un salon au premier. Porte au fond, au milieu. Contre le mur du fond, des deux côtés de la porte sont, à gauche, un canapé; à droite, une table de jeu. Au
deuxième plan, à gauche, une cheminée sans feu entre deux portes, dont l'une,
la plus éloignée, donne sur un cabinet, l'autre sur un escalier dérobé, à droite,
en face de la cheminée, une console entre deux croisées. Sur le devant de la scène,
à gauche, deux fauteuils; à droite, une causeuse.

SCÈNE PREMIÈRE.

BRÉMONT, **DANCOUR**, entrant tous deux par la porte de gauche, et continuant une conversation.

BRÉMONT.

Vous êtes arrivé d'hier soir... ?

DANCOUR.

D'hier soir...

BRÉMONT.

C'est bien d'être venu dès ce matin nous voir ;
Il est vrai que, d'après ce que je viens d'entendre,
Ce grand empressement ne doit point me surprendre.
Croyez que je prends part...

Il lui serre la main, puis tout-à-coup portant la main à son bras,

Oh !

DANCOUR.

Vous souffrez toujours

De votre rhumatisme ?

BRÉMONT.

                    Oui , mais dans quelques jours
Je pense être guéri...

DANCOUR.

          Que vous dit monsieur Brenne ?

BRÉMONT.

Rien , car il est mort...

DANCOUR.

          Ah...!

BRÉMONT.

                    Deux ou trois jours à peine
Après votre départ. .

DANCOUR.

          Ce n'est pas étonnant ,
Car le cher homme était bien vieux .. Et maintenant
Qui vous soigne...?

BRÉMONT.

                    Un docteur, à peu près de votre âge ,
Établi depuis peu dans notre voisinage ,
Fort habile, ma foi... Je l'attends aujourd'hui ;
Quand vous avez sonné j'ai cru que c'était lui.

                              Allant s'asseoir sur la causeuse

Çà racontez-moi donc un peu votre campagne :
Vous avez, dites-vous, parcouru l'Allemagne...?

DANCOUR , *rêveur.*

Ainsi, l'on est toujours de même à mon égard ,
Et même accueil m'attend au retour qu'au départ.

BRÉMONT , surpris.

Quoi donc .. ? (se souvenant.)

Ah ! — Mais, mon cher, ma fille, je parie,
Aura cru que c'était une affaire finie.
Vous nous laissez trois mois sans nouvelles.

DANCOUR , venant s'asseoir près de Brémont.

C'est vrai,
Et pendant mon absence un rival préféré...?

BRÉMONT.

Non. Plusieurs jeunes gens d'excellente famille ,
Dernièrement encore ont recherché Camille ,
Et Camille n'a pas même voulu les voir.

DANCOUR.

Pour moi vous ne voyez aucun sujet d'espoir ?

BRÉMONT.

Je crois qu'elle a juré de n'accepter personne.
Lorsque nous sommes seuls souvent je la raisonne.
Je cherche à lui montrer , autant que je le puis ,
Ce que le célibat peut entraîner d'ennuis ,
Et quel triste avenir se prépare pour elle :
Mais à tous mes efforts je la trouve rebelle ,
Et voilà je ne sais combien de prétendants
Que nous congédions depuis tantôt cinq ans.
Mais elle en a vingt-trois, qu'elle y prenne bien garde.
La beauté passe vite, et pour peu qu'elle tarde...

DANCOUR.

Elle n'aura pour moi rien à craindre du temps
Le temps ne changera rien à mes sentiments

BRÉMONT.

J'admire, en vérité, votre persévérance.

DANCOUR

J'espérais l'oublier ; mais cette longue absence
N'a pu me détacher de celle que j'aimais,
Et vous me revoyez plus épris que jamais.

Il se lève. Brémont se lève aussi et passe à gauche

BRÉMONT.

La rigueur qu'on vous tient, comme vous pouvez croire,
Pour moi, comme pour vous, est un cruel déboire.
J'estimais votre père entre tous mes amis,
Et j'aurais été fier de vous nommer mon fils.

Dancour lui serre la main avec effusion.

Bah ! nous viendrons peut-être à bout de l'obstinée.
Vous voudrez bien passer avec nous la journée,
J'attends précisément deux convives.

DANCOUR.

Tant pis...

BRÉMONT.

Ne vous effrayez pas, ce sont d'anciens amis.
Vous avez autrefois connu monsieur Darville ?

DANCOUR.

On le voyait souvent chez vous avec sa fille :
Il n'était même pas très-aimable à mon gré,
Sa fille heureusement l'était pour lui.

BRÉMONT.

C'est vrai.
Pardieu ! si vous pouviez piquer la jalousie
De Camille en faisant la cour à son amie...?

DANCOUR.

Quoi ! feindre un sentiment que je n'éprouve pas?

BRÉMONT.

Mon Dieu ! vous voilà bien dans un grand embarras.
Sans vous jeter aux pieds de cette demoiselle,
Ne pourrez-vous au moins être aimable avec elle?

DANCOUR.

Je n'aime que Camille et je hais les détours.

BRÉMONT.

Les chemins détournés sont souvent les plus courts.

DANCOUR.

J'espère réussir autrement.

BRÉMONT.

C'est possible;
Car ma fille, après tout, est loin d'être insensible,
Et depuis quelque temps j'admire en vérité
Qu'on ait pu l'accuser jadis de dureté.
La voici.

SCÈNE II.

BRÉMONT, DANCOUR, CAMILLE.

CAMILLE, une broderie à la main (1 .

Quoi ! c'est vous, monsieur Jules !...

(Elle dépose sa broderie sur la causeuse).

BRÉMONT, bas à Dancour.

Courage.

(Il va prendre un journal sur la cheminée et s'assied sur un fauteuil à gauche).

(1) Brémont, Dancour, Camille.

CAMILLE.

Etes-vous satisfait de votre long voyage?

DANCOUR.

J'allais vous demander si je dois l'être.

CAMILLE

Quoi !
C'est moi qui vous dirai.

DANCOUR.

Sans doute... Ecoutez-moi
Et vous me comprendrez. En faisant ce voyage
J'avais un but : chasser de mes yeux votre image
Et tâcher de guérir d'un amour insensé
Un cœur que vous aviez cruellement blessé.
Vain effort..., je fuyais votre ombre enchanteresse
Et votre ombre à mes yeux apparaissait sans cesse,
Et pour le séduisant objet de mon tourment
Mon cœur n'a pas failli de battre un seul moment.
Bref, il est résulté de ce pélerinage
Que j'aime et que je souffre encore davantage.
Loin de me plaindre, hélas! je serais glorieux
Si par là j'avais pu trouver grâce à vos yeux,
Et si de mon amour acceptant cette preuve
Vous deviez borner là votre cruelle épreuve.
Vous voyez donc que c'est à vous seule, en effet,
De dire si je dois être ou non satisfait.

CAMILLE

De tant d'attachement, monsieur, je suis confuse
Et n'y pas mieux répondre est vraiment sans excuse.

Sans doute, si mon cœur écoutait la raison
Vous me verriez porter aujourd'hui votre nom ;
Car ma raison m'a dit cent fois, je le confesse,
Qu'entre tous vous étiez digne de ma tendresse,
Et que je ne pouvais désirer pour époux
Un homme d'un esprit et plus noble et plus doux.
Mais j'ai bientôt senti, quoi que je pusse faire,
Que mon cœur à vos vœux serait toujours contraire.
Épargnez donc ce cœur qu'on ne peut raisonner,
Ne lui demandez point ce qu'il ne peut donner.

DANCOUR.

La déclaration est si claire et si nette
Que l'ennemi vaincu n'a qu'à battre en retraite.

CAMILLE.

Vous ne serez jamais un ennemi pour moi.

DANCOUR.

Mais mon amour vous dicte une trop dure loi.

CAMILLE.

Non. Vous m'offrez, monsieur, une faveur insigne,
Et je vois à regret que je n'en suis pas digne.

DANCOUR.

Pensez-vous m'éblouir par de vains compliments ?

CAMILLE.

Je vous parle, monsieur, d'après mes sentiments.

DANCOUR.

Donc, toute tentative est ici superflue...
A ne point m'accepter vous êtes résolue...

BRÉMONT, *à part.*

Pauvre Dancour ! je suis touché de sa douleur.

DANCOUR (*à Camille*).

Puisque le mariage à ce point vous fait peur...

CAMILLE.

Pas du tout. Qui vous fait croire que j'y renonce ?

DANCOUR.

Mais jusqu'ici du moins votre conduite annonce...

CAMILLE.

Je n'ai pas, jusqu'ici, fait vœu de célibat.

DANCOUR.

Et pour vous décider à ce grand coup d'état,
Que faudra-t-il donc faire ?

CAMILLE.

Il faudra que l'on m'aime.

DANCOUR.

Vous ne pouvez douter...

CAMILLE.

Et que j'aime de même.

DANCOUR.

S'il faut des deux côtés pareil attachement,
Je ne réussirai jamais, assurément.. !

CAMILLE, *souriant.*

On n'est pas plus galant et surtout plus modeste.

Brémont se lève en ce moment

DANCOUR.

Bien... Raillez-vous de moi, Camille; mais j'atteste
Qu'il faut que votre cœur soit plus dur qu'un rocher
Pour que tant de douleur ne puisse le toucher ;
Et si je demandais au ciel une vengeance,
Ce serait qu'il vous fît connaître ma souffrance,
Qu'un homme fût aimé de vous; qu'à votre tour
Il vous initiât aux douleurs de l'amour ;
Qu'il vous brisât le cœur et fût aussi barbare...
Non... Qu'ai-je dit?... Voyez où la douleur m'égare...

CAMILLE, émue.

En effet, vous formez pour moi d'étranges vœux.

DANCOUR.

Comprenez-vous, au moins, que ce serait affreux ?

CAMILLE.

Je ne pourrais, d'après ce souhait charitable,
Inspirer qu'à vous seul une ardeur véritable.

DANCOUR.

Pardonnez-moi, Camille, un aveugle transport ;
Non, non, vous n'avez pas à craindre un pareil sort ;
Et mes nombreux rivaux, et mes vives alarmes
Vous ont assez appris le pouvoir de vos charmes :
Combien de malheureux vous avez déjà faits !
Moi seul j'ai persisté, car seul je vous connais ;
Vous passez à leurs yeux pour fière et dédaigneuse :
Moi je sais que votre âme est grande et généreuse,
Et jamais, en dépit de vos cruels refus,
Je n'ai laissé de rendre hommage à vos vertus.

CAMILLE.

Je vous sais gré, monsieur, de prendre ma défense,
Mais votre amour me juge avec trop d'indulgence

DANCOUR.

Je vous avais jugée avant de vous aimer...

(Avec expansion.)

Camille, ne pourrai-je enfin vous désarmer ;
Ne verrai-je jamais de terme à ma disgrâce ?
Parlez, qu'ordonnez-vous ? que faut-il que je fasse ?

CAMILLE.

Hélas ! oubliez-moi, c'est là mon seul désir ..

BRÉMONT, qui s'est levé, bas à Camille avec l'accent du reproche.

Ma fille ! ..

CAMILLE.

Le docteur ne va-t-il pas venir,
Mon père ?... Il serait bon qu'on vous laissât ensemble.

DANCOUR, prenant son chapeau avec dépit.

Bien...

BREMONT, bas à Camille.

Le docteur ne s'est jamais plaint, ce me semble,
De ta présence...

CAMILLE, avec hésitation.

Non. Mais...

DANCOUR, à Brémont

Adieu

BREMONT.

Restez donc '

DANCOUR.

Je ne puis..

BRÉMONT.

Mais tantôt vous reviendrez...

DANCOUR.

Non.

BRÉMONT.

Non ?...

DANCOUR.

J'ai, depuis mon retour, à peine vu ma mère,
Et je lui donnerai cette journée entière.

BRÉMONT.

Ne pourriez-vous...

DANCOUR, saluant.

Adieu... mademoiselle...

Fausse sortie.

BRÉMONT, à sa fille.

Eh bien !
Tu vois qu'il va partir et tu ne lui dis rien ?

CAMILLE.

Croyez bien que mon cœur comprend votre souffrance,
Et ne m'accusez pas, monsieur, d'indifférence.

DANCOUR fait quelques pas vers Camille, puis s'arrêtant tout-à-coup avec désespoir.

Oh !

BRÉMONT, remontant avec Dancour.

Je vous attends..

DANCOUR.

Non. J'ai déjà trop souffert.

BRÉMONT, finement.

Bah !... je ferai toujours mettre votre couvert.

SCÈNE III.

CAMILLE, BRÉMONT.

CAMILLE (1).

Tu l'avais donc prié d'être notre convive ?

BRÉMONT, allant s'asseoir sur la causeuse.

Oui ; mais tu l'as traité d'une façon si vive !...
Sais-tu que je te trouve un peu trop dure aussi ?
Que t'a-t-il fait, dis-moi, pour lui répondre ainsi ?
Il t'aime... Cet exil, cette course lointaine
Est bien de son amour une preuve certaine.

CAMILLE.

Il pensait m'oublier en s'éloignant ainsi.

BRÉMONT.

Mais il est évident qu'il n'a pas réussi.

CAMILLE.

Pourquoi partir si vite ? Il pouvait bien attendre.
Qui sait ? j'allais peut-être à ses désirs me rendre,
Et peut-être il serait aujourd'hui mon mari :

1. Camille, Brémont

Mais ne le voyant plus et le croyant guéri,
Mon faible attachement a disparu bien vîte.

BRÉMONT, se levant.

Vraiment ? Ma foi, Dancour n'a que ce qu'il mérite ;
Ayant patienté pendant trois ans, morbleu !
Ne pouvait-il encor patienter un peu... ?
Il est vrai qu'il croyait la bataille perdue ;
Mais avant de partir s'il t'avait prévenue...
Enfin, quoi qu'il en soit, je comprends aujourd'hui
Le refroidissement que tu montres pour lui.
Mais, voyons, ma Camille, il faut être indulgente ;
Une erreur arrêta ta tendresse naissante ;
Cette erreur est détruite, et malgré tout tu vois
Que l'on n'a pas cessé de soupirer pour toi...
Puisque ton cœur était sur le point de se rendre...

CAMILLE, le reprenant.

Peut-être.

BRÉMONT, se rasseyant et prenant Camille sur ses genoux.

Eh bien ! dis-moi, ne pourriez-vous reprendre
Votre roman au point où vous l'aviez laissé ?
Pauvre Jules ! tu l'as amèrement blessé !
Et je n'en reviens pas, car, autant qu'il me semble,
Vous vous accorderiez parfaitement ensemble.
Tu vois quelle excellente idée il a de toi ;
Je crois qu'il te connaît mieux encore que moi.
Quant à lui, le nommer c'est faire son éloge,
Et je ne pense pas que jamais il déroge ;
S'il t'épousait, la mort ne me ferait plus peur,
Mon enfant, car j'aurais assuré ton bonheur.

CAMILLE, l'embrassant.

Mon bon père !

BRÉMONT.

Voyons... là, faut-il qu'il espère ?
Réponds-moi franchement...

CAMILLE, se levant.

Eh bien, non ! non, mon père !

BRÉMONT, se levant aussi.

Il te déplait donc bien...?

CAMILLE.

Non, je ne l'aime pas !
Voilà tout.

BRÉMONT.

Bah ! qu'importe..., un jour tu l'aimeras.

CAMILLE.

Je ne crois pas...

BRÉMONT.

Pourquoi ?... ton cœur est donc de pierre ?

Camille se tait. A lui même.

Je crois décidément qu'elle tient de sa mère.

A Camille.

Des autres prétendants, pas un seul ne t'a plu...?

CAMILLE.

Non...

BRÉMONT.

Bref, ton cœur jouit d'un repos absolu ?

A lui-même.

C'est étrange...; peut-être a-t-elle quelque chose
Dans l'esprit... Au docteur il faudra que j'en cause.

UN LAQUAIS , annonçant.

Monsieur Duval.

BRÉMONT.

C'est lui !

Duval entre. Le laquais sort.

SCÈNE IV.

BRÉMONT, CAMILLE , DUVAL.

BRÉMONT.

Bonjour , mon cher docteur !

DUVAL , saluant.

Monsieur , Mademoiselle...

Camille s'incline. A Brémont, en ôtant ses gants.

Eh bien !... notre douleur ?

Camille va s'asseoir sur la causeuse , prend sa broderie et travaille.

BRÉMONT.

Eh bien ! grâce à vos soins , notre douleur se passe ,
Et Dieu sait cependant comme elle était tenace !
Ce remède , si simple , a produit un effet...

DUVAL , lui prenant le bras.

Votre pouls ?... Bien... Demain vous serez tout-à-fait
Guéri...

BRÉMONT.

Vraiment ?... Mais oui...je me porte à merveille,
Je me sens une force aujourd'hui sans pareille...

Prenant les deux mains du docteur.

Cet excellent docteur !... Il est heureux, ma foi,
Que vous soyez venu loger tout près de moi.
Si bien que le jour même où mourut monsieur Brenne,
En me voyant atteint d'une crise soudaine,
On est allé chez vous.

DUVAL.

Oui, par occasion,
Car ce n'est certes pas ma réputation...

BRÉMONT.

Attendez-donc, docteur, vous commencez à peine,
Mais vous arriverez, la chose est bien certaine...

DUVAL.

J'en doute, car je vois que pour être connu
Dans Paris, il faudrait être bien soutenu.

CAMILLE.

Mais on vous soutiendra, Monsieur.

DUVAL, s'inclinant.

Mademoiselle !

CAMILLE.

A vanter son docteur, on mettra tout le zèle
Qu'il mit à vous guérir.

Duval s'incline et se retourne vers Brémont.

CAMILLE, surprise et chagrinée, à part.

Pas un mot !

BRÉMONT

Il est vrai
Qu'à Paris le talent souvent meurt ignoré.

Tandis qu'on fera bruit d'un mérite assez mince.
Peut-être auriez-vous dû vous fixer en province,
Car là du moins...

DUVAL.

C'était mon désir en effet , .
Mais j'ai changé d'avis...

CAMILLE.

Et monsieur a bien fait.

BRÉMONT , vivement, comme quelqu'un qui se reprend.

Sans doute...

CAMILLE, appuyant sur les mots.

Je conçois qu'on marche avec prudence,
Mais on n'arrive à rien par trop de défiance.
A qui se sent doué du mérite qu'il faut,
Le courage jamais ne doit faire défaut.
Si l'on n'ose avancer de peur d'une défaite,
Et si le moindre obstacle en chemin vous arrête,
Que peut-on espérer? Quand on veut réussir
Il faut marcher au but et ne point s'endormir.

Ces derniers mots, déclamés plus fort que le reste, tirent Duval de sa rêverie!

BRÉMONT.

Bravo!... Mais vous dormiez, docteur, et sur mon âme,
On vient de vous lancer, je crois, une épigramme?

DUVAL, souriant.

C'est juste. .

BRÉMONT , montrant à Duval les deux fauteuils à gauche.

Asseyons-nous. Ils s'asseyent (1) A propos de sommeil,
Vous allez me donner, cher docteur, un conseil.

(1) Brémont , Duval.

2

Quelqu'un dont je suspecte un peu le fanatisme.
L'autre jour devant moi parlait de magnétisme.
Et disait que souvent on était parvenu
Par ce moyen étrange à savoir l'inconnu...

Baissant la voix.

Mais croyez-vous du moins que l'on pourrait connaître
Les secrets du sujet que l'on endort ?

DUVAL.

Peut-être,
Mais je doute qu'on puisse, en dehors de ce cas,
Découvrir l'inconnu...

CAMILLE , à part.

Que disent-ils tout bas ?

DUVAL.

Les faits qu'on m'a cités m'ont trouvé peu crédule...

BRÉMONT.

Ma fille..., croyez-vous qu'elle soit somnambule?
Je voudrais l'endormir... par curiosité...

En ce moment Camille se lève, va mettre sa broderie sur la console et s'approche.

DUVAL.

Cette épreuve est parfois nuisible à la santé.

BRÉMONT , vivement en se levant.

Alors, n'en parlons plus...

DUVAL , qui s'est levé aussi, saluant.

Monsieur, mademoiselle.

Il remonte. A part, après avoir jeté un regard sur Camille.

Plus je la vois, et plus sa beauté me rappelle...

CAMILLE, qui vient de parler bas à son père, à part, en regardant Duval.

Quel regard!...

BRÉMONT.

Cher docteur...

DUVAL, qui allait sortir (1).

Monsieur?

BRÉMONT.

Voudriez-vous
Rester à déjeûner, sans façon, avec nous?

DUVAL, s'inclinant.

Monsieur, je...

CAMILLE.

Nous voulons tâcher de vous distraire,
Car vous êtes plus triste encor qu'à l'ordinaire.
Qu'avez-vous donc...?

DUVAL, vivement.

Moi? rien...

BRÉMONT, à Camille d'un ton de reproche amical.

Camille! à Duval. Nous serons,
Vous compris, cinq ou six au plus. Nous attendons
Deux personnes de Rouen...

DUVAL.

De Rouen!...

BRÉMONT.

Oui, c'est la ville
Qu'habite maintenant mon vieil ami Darville.

(1) Camille, Brémont, Duval.

DUVAL., *à part.*

Darville !

BRÉMONT.

Un parisien comme moi ; mais depuis
Qu'il a perdu sa femme, il a quitté Paris
Pour aller s'établir là-bas avec sa fille,
Un ange de douceur ; demandez à Camille...

CAMILLE, *distraite.*

Chère Hortense ! j'ai bien regretté son départ... !

Elle jette un regard sur Duval

DUVAL, *à part.*

La retrouver ainsi... ! quel étrange hasard... !

Il regarde Camille.

BRÉMONT.

Pour que vous connaissiez d'avance vos convives,
Le père a quelquefois des manières très-vives.
C'est un homme fort raide et qui vient consulter
Pour un nouveau procès qu'il désire intenter. —
Camille seule ici lui tenait tête. — En somme
Il a toujours passé pour un très-honnête homme.

DUVAL.

L'homme dont vous parlez ne m'est pas inconnu.

BRÉMONT,

Ah ! — tant mieux...

Regardant l'heure à la pendule.

Il devrait être déjà venu.

Frappé d'une idée.

J'y songe !... Il ne sait pas qu'à présent je demeure...
C'est ma faute... *(à Duval).* Pardon..., je reviens tout à l'heure.

CAMILLE.

Je tiendrai compagnie à monsieur.

BRÉMONT.

C'est cela.

A lui-même.

Quel étourdi je fais !

Il va pour sortir par la porte du fond et revient brusquement sur ses pas.

Ah !... c'est plus court par là.

Il sort par la porte de gauche.

SCÈNE V.

DUVAL, CAMILLE.

CAMILLE (1).

Vous avez beau chercher à nier, — je répète ,
Monsieur, que vous avez une peine secrète ,
Et c'est toujours à tort qu'on veut dissimuler
Quand la voix d'un ami vous invite à parler.

DUVAL, à part.

Quel soupçon... !

CAMILLE.

Vos secrets sont à vous ; mais peut-être
Ai-je quelque raison de vouloir les connaitre...

DUVAL, à part.

Plus de doute ! elle a su par son amie...

CAMILLE.

Eh bien?...

(1) Camille, Duval.

DUVAL.

Ce que je vous dirai ne vous apprendra rien .
Peut-être , et d'un détour vous ne seriez pas dupe .
Car vous savez déjà ce qui me préoccupe.

CAMILLE , souriant.

Vous croyez...?

DUVAL , après un silence .

Le chagrin que je vous ai fait voir
A pour cause, en effet, un amour sans espoir.
Celle que j'aime, hélas ! du jour où je l'ai vue
A rempli tous mes sens d'une fièvre inconnue.
Depuis ce jour , partout c'est elle que je vois ,
C'est elle dont partout j'entends la douce voix :
De loin comme de près mon amour est le même :
Hélas! c'est vainement qu'on veut fuir ce qu'on aime.

CAMILLE.

Et pourquoi donc la fuir et perdre tout espoir...?

DUVAL

Et quel espoir mon cœur pourrait-il concevoir ?
J'ai vingt fois essayé de me faire comprendre.

CAMILLE , étonnée.

Comment donc ?...

DUVAL.

Mais à peine a-t-on daigné m'entendre.

CAMILLE.

C'est impossible ..

DUVAL.

Au fait, tous les jours je me dis

Qu'on n'a pas refusé tant de brillants partis
Pour moi qui suis obscur, pour moi qui ne puis guère
Offrir que mon amour.

CAMILLE, blessée.

Est-elle donc si fière ?

DUVAL.

Je l'ai jugée ainsi, mais je n'insiste point ;
J'attends que vous vouliez m'éclairer sur ce point.

CAMILLE, continuant.

Vous mériteriez bien, pour votre impertinence,
Que l'on vous répondit : perdez toute espérance.

DUVAL.

Eh quoi ! de vous déplaire aurais-je eu le malheur ?

CAMILLE, l'interrompant.

Mais si ce que je viens d'entendre part d'un cœur
éellement épris...

DUVAL.

Croyez... !

CAMILLE, souriant.

Je vous pardonne
Votre excès de franchise.

DUVAL.

Oh ! que vous êtes bonne !
Ah ! si j'ai votre appui, je suis sauvé..!

Bruit de voix en dehors. Camille fait signe à Duval d'écouter.

DARVILLE, en dehors.

Mais non...!

BRÉMONT , en dehors.

Tu perdras...

DARVILLE , en dehors.

Eh morbleu ! j'ai tort ou j'ai raison.

CAMILLE , à Duval, en souriant.

Ce n'est rien ..!

Elle remonte.

SCÈNE VI.

DUVAL, CAMILLE, BRÉMONT, DARVILLE, HORTENSE.

CAMILLE , allant à Hortense qu'elle embrasse.

Chère Hortense ! enfin !

HORTENSE.

Chère Camille .. !

CAMILLE.

Bonjour, monsieur Darville.

DARVILLE , à Bremont.

Et je prétends...

BRÉMONT.

Ma fille

Te salue..

DARVILLE , se retournant un peu brusquement.

Ah ! très-bien...

Il la baise au front.

DUVAL , saluant Hortense.

Mademoiselle.

HORTENSE, à part.

Lui... !

Camille vient la prendre par la main, et elles vont s'asseoir sur la causeuse.

DUVAL, à Darville.

Monsieur Darville...

DARVILLE, qui causait avec Brémont, se retournant de nouveau.

Qu'est-ce encore ? — Vous ici... !
Vous avez, pour Paris, déserté la province ;
Mais vous vous y ferez un revenu bien mince,
Mon cher..

BRÉMONT.

Où donc as-tu connu monsieur Duval ?

DARVILLE.

A Rouen...

BRÉMONT, surpris.

Ah !

DARVILLE.

Dans sa ville, il n'allait pas trop mal ;
Mais je ne pense pas qu'à Paris...

Un laquais entre.

LE LAQUAIS.

On réclame
Monsieur Duval.

DUVAL.

Qui ? Moi... ?

LE LAQUAIS.

De la part d'une dame.

Dont la servante est là...

Il sort.

BRÉMONT , à Duval.

Bravo , mon cher , il faut
Vous y rendre de suite. (A Darville.) Eh ! tu vois ?

CAMILLE , à Duval.

A bientôt ?

DUVAL.

Je l'espère.

(Regardant Hortense, à part.)

Toujours ce même air qui vous glace...!

SCÈNE VII.

LES MÊMES , *moins* DUVAL.

DARVILLE , s'asseyant sur l'un des deux fauteuils à gauche.

Donc, tu ne ferais pas de procès à ma place...?

BRÉMONT, s'asseyant sur l'autre fauteuil.

J'ignore ce qu'en va dire ton avocat,
Mais je crois que pour rien tu fais bien de l'éclat.

DARVILLE , haussant les épaules.

Je soutiens que ce sont les moutons de cet homme, —
Moutons qu'il m'a vendus une très-forte somme, —
Dont le mal a gagné ceux que j'avais déjà.

BRÉMONT.

Qui dit que ce n'est pas au contraire ceux-là

Qui. .?

DARVILLE.

Mais non.

BRÉMONT.

Tu m'as dit toi-même tout à l'heure
Que les nouveaux étaient d'apparence meilleure
Que les anciens...

DARVILLE.

C'est vrai; mais je ne t'ai pas dit
Que les anciens étaient malades...

Il se lève.

BRÉMONT , se levant.

Il suffit
Du doute, en pareil cas , pour que...

Ils remontent en continuant leur conversation.

CAMILLE , à Hortense.

Ma pauvre amie !
Tu dois bien t'ennuyer à ce genre de vie.

HORTENSE.

Moi ? Mais non...

CAMILLE.

Non ? Comment est-ce donc que tu fais.. ?
Rien ne te contrarie et partout tu te plais :
Tu te montres toujours résignée et contente ,
Et jamais le bonheur des autres ne te tente.
Je devrais modeler mon esprit sur le tien ,
Moi qui souvent m'irrite et me fâche pour rien.

HORTENSE.

Tes qualités n'ont rien à m'envier, ma chère.

CAMILLE.

Non, je suis loin d'avoir ton heureux caractère.
Ce fut toujours ainsi du reste, et je te vois
Absolument la même aujourd'hui qu'autrefois.
Comme à la pension on te trouvait soumise.. !

HORTENSE.

Et comme on y vantait ton bon cœur, ta franchise...!

CAMILLE.

Il est bien loin, ce temps de nos joyeux ébats !

HORTENSE.

Mais tu ne parais pas trop triste...

CAMILLE, souriant.

Oui... ? Parlons bas.
Tu sais que comme toi j'étais bien décidée
Contre le mariage...

HORTENSE.

Oui...

CAMILLE, se lève, prend Hortense par le bras et remonte avec elle.

J'ai changé d'idée.

HORTENSE.

Ah ..!

Elles continuent de causer à voix basse.

BRÉMONT, qui a redescendu avec Darville.

Je ne comprends rien à ton acharnement.
Mais, de grâce, laissons cela pour le moment :

Tu ne songes donc pas à marier ta fille ?
Cependant elle est d'âge...

DARVILLE , piqué.

Elle est d'âge... et Camille
Est-elle donc si jeune..?

BRÉMONT.

Elle a deux mois de plus ,
Mais tu sais quel était son avis là-dessus.
Eh bien ! elle est toujours comme autrefois.

DARVILLE.

Je trouve
Que ta fille a raison , oui certe, — et je l'approuve...
Sotte chose, ma foi ! que cet accouplement ,
De deux êtres heureux naguère , isolément ,
Et qui de leur bonheur ont fait le sacrifice ,
L'un par ambition et l'autre par caprice...!

BRÉMONT.

Permets-moi là-dessus d'être d'un autre avis.
Il existe en effet d'assez mauvais maris ,
Mouvement de Darville.
Et j'ai vu pour ma part d'assez... méchantes femmes ,
A part.
Une au moins ! (haut),
Mais on peut , je crois , trouver deux âmes
Faites l'une pour l'autre et belles toutes deux ;
Enfin , on voit encor des ménages heureux...
Et ta fille ne s'est jusqu'ici décidée
Pour aucun des partis qui te l'ont demandée ?

DARVILLE

Non... (à part.) par une raison excellente...

BRÉMONT.

Elle a donc

Comme Camille , un cœur inabordable ?...

DARVILLE.

Non , —

Mais il ne s'est offert jusqu'à présent personne
Qu'elle pût accepter.

BRÉMONT.

Vraiment ? — Cela m'étonne.

Brémont va causer avec Camille et Hortense.

DARVILLE , à part.

Me priver de ma fille ! Allons donc ! — quand quelqu'un
Vient me la demander , au diable l'importun !
Mais tous je les renvoie avec la même excuse :
J'ai consulté ma fille , et ma fille refuse.

S'essuyant le front.

Dieu ! qu'il fait chaud ! (A Brémont.)

Ah ça ! déjeûne-t-on chez toi ?

BRÉMONT

Pourquoi demandes-tu cela ?...

DARVILLE , tirant sa montre.

C'est que je croi

Qu'il est grandement temps.

Il regarde l'heure.

CAMILLE.

Si vous désiriez prendre

Quelque chose, monsieur, qui vous permit d'attendre... ?

DARVILLE.

Non, c'est mon avocat... Mais je vais profiter
De ce que j'ai le temps pour l'aller consulter.

CAMILLE, regardant la pendule.

Ne soyez pas absent plus d'une demi heure.

DARVILLE.

Je n'ai qu'un mot à dire, et mon homme demeure
A deux pas ..

BRÉMONT.

Attends-donc après le déjeûner.

DARVILLE.

Non.., il me tarde trop..., çà je vais t'emmener,
Toi qui dis que j'ai tort, et je jouis d'avance
De ta confusion après cette audience ;
Nous verrons qui de nous était le plus têtu.

BRÉMONT, prenant son chapeau d'un air résigné

Allons !...

SCÈNE VIII.

CAMILLE, HORTENSE.

CAMILLE.

Eh bien ! ma chère Hortense, comprends-tu
Combien en l'écoutant m'exprimer sa tendresse,
Mon cœur dut ressentir et de trouble et d'ivresse ?
Non..., tu ne comprends pas, tu n'aimes pas encor ;
Va, l'amour est un rare et merveilleux trésor.
C'est la plus pure source où notre âme s'enivre,

C'est quand on aime enfin que l'on commence à vivre.
Dans un monde nouveau le cœur est transporté ;
L'amour seul ferait croire à l'immortalité...!
Ah ! puisses-tu bientôt aimer, ma chère Hortense...!

HORTENSE.

Ce ne serait pour moi qu'un sujet de souffrance,
Si celui que j'aimais ne m'aimait pas pour moi...

CAMILLE.

Comment...! que veux-tu dire...?

HORTENSE.

                          Hélas ! j'ai comme toi
Le malheur d'être riche, et souvent la fortune...

CAMILLE.

Quoi! tu craindrais qu'un homme eût l'âme assez commune,
Assez vile...

HORTENSE.

          Cela se voit...

CAMILLE, sérieuse.

                    Ne veux-tu pas
Me dire que je suis moi-même dans ce cas...?
Et que monsieur Duval...

HORTENSE, vivement.

                    Non, non, à la manière
Dont il s'est déclaré je crois qu'il est sincère ;
Ton père... qu'en dit-il...?

CAMILLE, rêveuse.

                    Il n'en sait rien encor.

Comme il sera surpris! quel sera son transport !
Pourtant je ne veux point lui donner cette joie
Avant que... (Elle s'arrête et médite.)
          Ces serments , faut-il bien que j'y croie ?

HORTENSE.

Quoi... ! ce que je t'ai dit...

CAMILLE , avec transport.

                    S'il s'était fait un jeu
De ma crédulité... S'il me trompait, mon Dieu...!
Mais non , non, je suis folle et je lui fais injure...!

Écoutant à la porte de gauche.

C'est lui ! (Comme inspirée).
          Je sors! mais toi, reste, je t'en conjure !

HORTENSE

Tu veux... ?

CAMILLE.

     Parle lui, cherche à lire dans son cœur.

HORTENSE.

` Mais. .

CAMILLE , suppliante.

   De grâce..! (en s'en allant).

          O mon Dieu..! j'en mourrais de douleur..!

Elle sort par la porte du fond. Hortense va prendre sur la console un livre qu'elle
ouvre au hasard , puis va s'asseoir sur la causeuse.

SCÈNE IX.

HORTENSE, DUVAL.

DUVAL , après avoir regardé autour de lui , apercevant Hortense.

Seule ..! Est-ce le hasard... ou bien...? Comme auprès d'elle

Je tremble malgré moi...! Poltron! *(S'approchant)*
                              Mademoiselle .

HORTENSE , levant les yeux et jouant la surprise.

C'est vous, monsieur Duval...! je ne vous voyais pas...
Vous cherchez quelqu'un...?

DUVAL.

Non.

HORTENSE.

Mon amie est en bas

DUVAL , après un silence.

Vous ne m'aviez jamais parlé de cette amie
A laquelle, à bon droit, votre cœur se confie,
Et c'est en apprenant que l'on vous attendait
Que j'ai su seulement qu'elle vous connaissait.
— J'hésitais à rester . car j'ai craint que ma vue
Ne détruisit pour vous l'attrait de l'entrevue..

HORTENSE.

Pourquoi...? Vous avez fait sagement de rester
Et vous ne deviez pas un instant hésiter.

DUVAL.

Dois-je entendre par là que votre indifférence ..?
Au reste, votre amie est dans ma confidence
Ainsi que dans la vôtre . et c'est elle surtout...
Vous a-t-elle déjà parlé de moi . ?

HORTENSE.

Beaucoup.

DUVAL , après un nouveau silence

Puisqu'elle a près de vous déjà plaidé ma cause .

Je ne vous dirais rien de nouveau, je suppose.
Enfin, mes sentiments vous étant bien connus,
Je vous épargnerai des discours superflus.
Mais a-t-elle bien dit au moins comme sans cesse
Elle me reprochait ma profonde tristesse,
Et que par la douleur qu'à ses yeux je montrais
Elle avait deviné combien je vous aimais?

HORTENSE, se levant.

Cette explication n'était pas nécessaire,
Monsieur, vous n'avez pas de reproche à vous faire,
Car vous le savez bien : je ne vous aime pas.

DUVAL.

Comment !

HORTENSE.

      Vous pouviez donc porter ailleurs vos pas,
Vous pouviez sans remords m'oublier pour une autre,
Et je ne comprends pas quel chagrin est le vôtre.
Camille (que ceci, monsieur, reste entre nous),
M'a confié l'amour qu'elle éprouve pour vous.
Si vous n'éprouvez, vous, qu'un sentiment frivole,
N'en faites rien paraître, elle en deviendrait folle !
Rendez Camille heureuse, et soyez assuré
Que de votre union je me réjouirai.

Elle remonte.

DUVAL.

De grâce, expliquez-moi...

HORTENSE.

      Vous devez me comprendre.
C'est tout ce que j'avais, monsieur, à vous apprendre !

Elle salue Duval et sort.

SCÈNE X.

DUVAL, après un silence causé par l'étonnement.

Quoi..? celle dont le cœur fut muet jusqu'à ce jour .
A qui je n'ai jamais dit un seul mot d'amour,
Qui devait me servir auprès d'une autre femme ,
S'est éprise pour moi d'une subite flamme !
Et qui vient gravement ici m'en informer... ?
Celle que par ses soins j'espérais désarmer... !
Celle que j'aime enfin... !

Il s'assied et médite.

Sans doute elle se flatte
Qu'on ne peut rien aimer après elle , l'ingrate...!
Elle avait , en sortant, l'air de me défier...
Mais d'un pareil succès son cœur serait trop fier...
J'accepte le défi .. je vais à l'instant même
Parler à son amie , et , s'il est vrai qu'on m'aime...
La fille de mon hôte est charmante après tout .
Et je ne sais pourquoi j'aurais le mauvais goût...
Quand ma première ardeur par là seul peut s'éteindre...
— Allons , décidément j'aurais tort de me plaindre.

Il va pour sortir par la porte du fond et se trouve face à face avec Duval qui entre.

SCÈNE XI.

DUVAL, DANCOUR

DANCOUR.

Paul! c'est bien lui...!

DUVAL.

Dancour ..! Enfin , te voilà donc. ..!

DANCOUR.

Ah ! c'est toi le nouveau docteur de la maison ?
Mon cher , tu n'as pas lieu de regretter ta ville ,
Car déjà l'on te juge à Paris fort habile ;

DUVAL.

Tu railles… ?

DANCOUR.

        Je n'ai pas ce travers . Dieu merci…!

DUVAL.

Par quel heureux hasard te rencontré-je ici…?
Tu connais donc monsieur Brémont…?

DANCOUR.

                    Beaucoup. Naguère
C'était l'ami le plus intime de mon père.

DUVAL

Ne viens-tu pas de faire un voyage lointain ,
Dont ta mère m'a dit deux mots… ?

DANCOUR.

                    Oui. — Ce matin
Ma mère m'a parlé de toi , mais ta demeure…
Elle l'ignorait. Bref, ce n'est que tout-à-l'heure ,
Qu'apprenant qu'un monsieur Duval était ici ,
J'ai pensé qu'on parlait de mon meilleur ami.

DUVAL , lui serrant la main.

Cher Jules !

DANCOUR.

        Sais-tu bien que ta dernière lettre
Date de loin…?

DUVAL, souriant.

La tienne aussi, je crois?

DANCOUR.

Peut-être :

DUVAL.

Bah! nous n'en étions pas moins amis pour cela.
Ne descendons-nous pas...?

DANCOUR.

Non : on nous préviendra
On attend ces messieurs. Quant à ces demoiselles,
Il paraît qu'elles sont à leur toilette.

DUVAL, à lui-même.

Telles
Qu'elles étaient pourtant.. (S'asseyant sur la causeuse.)
Ça, qu'as-tu vu là bas
De merveilleux...?

DANCOUR, venant s'asseoir près de lui.

Où donc...? Ah! — ne m'en parle pas.
Je me suis ennuyé, voilà tout.

DUVAL.

Et ta mère
M'a dit que ce voyage était pour te distraire !
Ton but a donc été manqué ?

DANCOUR.

Complétement

DUVAL.

Tant pis! — Et plaides-tu quelquefois :

DANCOUR.

> Rarement.

Ah! c'est que je n'ai pas ton zèle, ton courage;
Au collége jadis quelle ardeur à l'ouvrage...!

Lui frappant légèrement sur l'épaule.

Tu te feras un nom; je l'ai toujours pensé...

DUVAL.

Mes prétentions vont moins loin; mais tu le sai,
Riche autrefois, je suis à peu près sans fortune
Et dois par mon travail chercher à m'en faire une.

DANCOUR.

Ami, j'ai bien pris part à ton double malheur,
Car j'ai toujours pensé que l'excès de douleur
Avait hâté les jours de ton excellent père.

DUVAL.

Comme lui, j'en conçus une douleur amère,
Car un bien cher espoir ne m'était plus permis.
Mais ce travail constant, auquel je me soumis,
Fut bientôt comme un baume épanché sur ma plaie.

DANCOUR.

Eh bien! de ton remède il faudra que j'essaie.

DUVAL.

> Comment!

DANCOUR.

> Depuis longtemps aussi je souffre.

DUVAL.

> Toi...?

En effet, tu parais tout triste; mais pourquoi...?

DANCOUR , avec embarras

Pourquoi...?

DUVAL.

Ma question est peut-être indiscrète...
Aui, pardonne-moi...

DANCOUR.

Non... , c'est moi qui regrette
De n'avoir pas été plus ouvert avec toi...
Apprends donc que l'amour s'est emparé de moi.

Il se lève.

DUVAL , se levant aussi

Ah...!

DANCOUR , les yeux tournés vers la porte du fond.

Faut-il te nommer l'objet de mon martyre...?
Un ange..!

DUVAL , vivement et avec travail.

Ayant pour nom...?

DANCOUR.

Camille.

DUVAL , à part

Ah ! je respire

DANCOUR.

Mais je ne sais vraiment que dire de son cœur ;
Elle semble avoir pris les hommes en horreur ;
Car — ce qui me console au milieu de ma peine, —
Nul n'a pu trouver grâce aux yeux de l'inhumaine ;

Mouvement de Duval

Je n'ai point de rival et mes efforts constants
Peut-être fléchiront l'ingrate, avec le temps.

DUVAL, lui serrant la main avec expression.

Je le désire, ami... Tu soupires pour elle
, Depuis...?

DANCOUR.

Trois ans au moins... Oh ! mon cœur est fidèle.

DUVAL, à part.

Pas plus que n'est le mien...

DANCOUR.

Je ne t'en ai rien dit
Dans mes lettres..., c'est vrai..., par orgueil, par dépit ..,
J'aurais voulu t'apprendre une heureuse nouvelle ;
Mais comme on se montrait toujours aussi rebelle...
Tu comprends....

DUVAL.

Oh ! très-bien (A part.) Et pour cause...

DANCOUR.

Mais toi .
Ne veux-tu pas bientôt te marier...?

DUVAL.

Oh! moi...

DANCOUR.

Justement tu vas voir un parti qui peut-être... ;
Mais que dis-je? tu dois mieux que moi le connaître.
La personne, à présent, habite ton pays.

DUVAL.

Je la connais. Sa mère et la mienne jadis
Se voyaient fort souvent...

DANCOUR.

Mademoiselle Hortense
Est fort bien, et vraiment, malgré la différence
De fortune..., en raison de ton bel avenir,
Je crois que tu pourrais aisément réussir.

DUVAL.

Encore faudrait-il plaire à la jeune fille.

DANCOUR.

Oh ! je ne la crois pas de l'humeur de Camille.

Il prête l'oreille et remonte

SCÈNE XII.

DUVAL, DANCOUR, CAMILLE.

CAMILLE, bas à Dancour, après avoir échangé un salut avec Duval.

Vous vous résignez donc, monsieur, à me revoir ?
J'en avais ce matin presque perdu l'espoir.

Lui prenant la main.

Vous vous consolerons, allez ! prenez courage,
Oubliez le passé.

DANCOUR, à part avec douleur.

Toujours même langage.

CAMILLE, aux deux jeunes gens.

Vous vous connaissiez donc, messieurs ?

Elle s'approche de Duval.

DUVAL.

Depuis longtemps :

CAMILLE, bas à Duval (1).

J'ai réfléchi, monsieur, je crois à vos serments...

Mouvement de Duval.

Enfin, je vous permets...

En ce moment, Dancour qui était absorbé dans sa douleur, sort de sa rêverie et s'approche Camille s'arrête en faisant un signe à Duval.

CAMILLE.

Si vous voulez descendre.

Messieurs...

Dancour s'empresse d'offrir son bras à Camille.

CAMILLE, à part, en regardant Duval.

Le maladroit... !

Elle sort avec Dancour.

DUVAL, seul, après un silence

C'est à n'y rien comprendre.

Il sort.

(1) Duval. Camille, au fond Dancour

FIN DU PREMIER ACTE.

ACTE II.

SCÈNE PREMIÈRE.

DANCOUR , seul , assis.

Elle désire ici me parler en secret :
Que veut-elle me dire et quel est son projet ?
Paul que j'ai, ce matin , mis dans ma confidence ,
N'aurait-il pas tantôt commis quelqu'imprudence... ?
Quand on s'est dirigé vers le jardin , de quoi
Causaient-ils à voix basse ? Etait-ce donc de moi ?
C'est aussitôt après que Camille est venue
Me donner rendez-vous... ; elle était tout émue ,
Sa voix était tremblante et son air tout chagrin...
Est-ce Paul qui causa ce changement soudain ?
Car , à table, elle était d'une gaité charmante ;
Certe, elle n'avait pas alors la voix tremblante !
A tel point que monsieur Darville s'est enfui
Au dessert, en disant qu'on se moquait de lui.
— Son avocat l'engage à se tenir tranquille ,
Ce qui l'indigne fort.. , ce bon monsieur Darville !

Camille entre. Dancour se lève et va à elle.

SCÈNE II.

DANCOUR , CAMILLE.

CAMILLE.

Me voilà libre enfin... !

DANCOUR , à part.

Quel feu dans son regard '

CAMILLE.

Hortense est au jardin, ces messieurs au billard ,
Et j'en vais profiter bien vite pour vous dire
Que votre entêtement , monsieur , tient du délire.
Pensant vous en avoir, ce matin, assez dit
Pour qu'il ne restât plus de doute en votre esprit ,
J'ai cru qu'enfin la paix entre nous était faite ;
Mais non ; et maintenant c'est par un interprète...

DANCOUR , vivement.

Vous vous trompez : j'ignore à quel propos Duval...

CAMILLE , avec un sourire amer.

Certes! son dévouement pour vous est sans égal...!
Ah ! vous croyez , monsieur , qu'à force de constance
Vous saurez bien un jour vaincre ma résistance..?

DANCOUR.

Quoi ! Paul vous a dit... !

CAMILLE.

        Oh ! — soyez content de lui... !
L'intérêt qu'il vous porte est vraiment inouï.
Mais puisque votre esprit est à ce point malade ,
Que rien ne le convainc , rien ne le persuade ;
Puisque vous ne pouvez chasser un fol espoir ,
Je dois , moi , renoncer au bonheur de vous voir.

Elle s'incline et va pour sortir.

DANCOUR , vivement, et comme inspiré.

Eh bien donc..! apprenez, quoi qu'on ait pu vous dire,
Que je suis tout-à-fait guéri de mon délire

Il appuie sur ce dernier mot.

Qu'enfin , à votre main je renonce à jamais .

CAMILLE.

Comment...!

DANCOUR.

Oui, ce matin encor je vous aimais,
Et malgré votre accueil, — peut-être à cause même
De cet accueil, — dont j'eus une douleur extrême,
Plus tard, avec Duval quand vous m'avez revu,
C'est vous qui m'attiriez... Mais — qui l'aurait prévu ? —
Soit découragement, soit qu'en moi la colère
Eût fait ce que jamais la raison n'a pu faire ;
Soit enfin que le trait dont vous m'aviez percé
Fût entré moins avant que je n'avais pensé,
J'ai senti tout-à-coup se calmer ma souffrance,
Et je n'eus plus pour vous que de l'indifférence !

CAMILLE.

Quoi..! si vite..? Vraiment..?

DANCOUR.

Ce prodige après tout
Vous étonnerait moins si j'allais jusqu'au bout ..

CAMILLE.

Parlez...!

DANCOURT.

Auprès de vous était une autre femme
Dont l'extrême douceur révèle la belle âme,
Et plus je l'observais, et plus mes yeux ravis..

CAMILLE.

Hortense...! Ah! tant mieux!

DANCOUR, stupéfait.

Quoi...?

CAMILLE.

Je suis de votre avis.
Hortense vous convient bien mieux que moi...

Hortense entre en ce moment. Camille se retourne.

C'est elle.

SCÈNE III.

DANCOUR, CAMILLE, HORTENSE.

HORTENSE, après avoir échangé un salut avec Dancour, a Camille.

Je te cherchais.

CAMILLE (1).

Viens vite apprendre une nouvelle.

DANCOUR, bas à Camille.

Que faites-vous..?

HORTENSE, a Camille.

Quoi donc..?

CAMILLE, à Dancour.

Eh bien! monsieur Dancour,
Faut-il que ce soit moi qui fasse votre cour?
Soit (à Hortense).
Ma chère, apprends donc que monsieur Dancour t'aime.

(1) Dancour, Camille, Hortense.

HORTENSE, surprise.

Quoi...!

DANCOUR, vivement, à Hortense.

Pardonnez... jamais je n'eusse osé moi-même...

CAMILLE, continuant.

La fortune qu'il a, défend de supposer
Que c'est ton million qu'il voudrait épouser.
Tu le connais du reste, — un charmant caractère, —
Pour moi je n'ai cessé de l'aimer comme un frère,

Avec hésitation.

De même qu'il m'aima toujours . comme une sœur. .
— C'est ta délicatesse et d'esprit et de cœur,
Et l'ardeur dont pour toi son âme s'est éprise
Ne m'a, je dois le dire, aucunement surprise.

DANCOUR, a part.

A merveille . ! Eh bien, soit. Poursuivons ce moyen :

Regardant Hortense qui a légèrement froncé le sourcil.

Puis... je vois à son air que je ne risque rien.

Haut.

La déclaration que vous venez d'entendre.
Quoique brusque, n'a rien qui doive vous surprendre...

HORTENSE, avec dignité.

Monsieur...!

DANCOUR.

Et (si ce n'est l'éloge exagéré

Que l'on vous fait de moi) ce qu'on vous dit est vrai

En ce moment Camille remonte.

Ce n'est pas d'aujourd'hui que je vous ai comprise
Et que de vos attraits mon âme s'est éprise.
Votre seule beauté m'aurait rendu jaloux,
Mais ce que j'ai surtout apprécié chez vous
C'est ce maintien timide et plein de modestie,
C'est de votre regard la douceur infinie ;
C'est enfin ce parfum que répandent toujours,
Quoi qu'il se passe en vous, vos affables discours.

CAMILLE , piquée, à part

La franchise pourtant me semble préférable.

DANCOUR , qui a jeté un dernier regard sur Camille.

Enfin , je ne vois rien qui vous soit comparable ,
Et si vous ne pouvez être à moi, je sens là
Que rien d'un tel malheur ne me consolera.

HORTENSE.

Monsieur... !

CAMILLE, à part.

Et son ami qui par délicatesse....
Merci , mon Dieu , merci !

Elle sort par la porte de gauche sans faire de bruit.
Hortense seule s'aperçoit de son départ.

HORTENSE , à part.

Comment... ! elle me laisse... !

SCÈNE IV.

DANCOUR , HORTENSE

DANCOUR , qui croit toujours Camille derrière lui.

Peut-être la douleur égare mes esprits ,
Mais lorsque notre cœur est vivement épris,

4

Ne devinez-vous pas, vous si tendre et si douce,
Tout ce que doit souffrir ce cœur que l'on repousse ?

S'animant par degrés.

Eh quoi ! vous n'aurez pas des sentiments plus doux !
Rien ne peut apaiser votre injuste courroux !
Plus mon amour est grand et plus on me déteste !
Savez-vous bien qu'alors un seul espoir me reste… ?

HORTENSE

De grâce… ! qu'avez-vous… ? je ne vous connais plus..

DANCOUR, après avoir regardé autour de lui, ne voyant plus Camille, à part.

Partie… ! et je croyais… à Hortense). Pardon, je suis confus…

A part.

Est-ce au moins par dépit ?

Duval paraît à la porte du fond

SCÈNE V.

DANCOUR. HORTENSE, DUVAL, au fond.

HORTENSE.

                    Je ne saurais vous dire,
Monsieur. tout l'intérêt que votre ardeur m'inspire…

Apercevant Duval, à part.

Ah… !

DANCOUR, qui ne voit point Duval.

C'est trop de bonté, mais je ne prétends pas
Gêner vos sentiments et je vais de ce pas…

HORTENSE, vivement et comme inspirée.

Pardonnez-moi, monsieur, l'injuste impatience
Que j'ai pu vous montrer. par trop de défiance.

Et gardez-vous de voir un signe de dédain
Dans ce qu'a seul produit mon embarras soudain,
Mais votre aveu si brusque était fait de manière...
La femme est souvent dupe en pareille matière ;
Auprès d'elle, combien feignent la passion
Qui n'ont que de l'orgueil ou de l'ambition ;
Et qui, dès qu'on a l'air de douter de leur flamme,
Vont vite se jeter aux pieds d'une autre femme ;
Mais vous avez, monsieur, pour un pareil forfait
Trop de délicatesse et de cœur...

DUVAL, a part.

En effet.

HORTENSE.

Enfin, je reconnais en vous trop de mérite..
D'ailleurs, si j'en doutais, qui ne viendrait bien vite
Me rassurer...? Monsieur, par exemple...

DANCOUR, se retournant et reconnaissant Duval, qui s'approche de lui.

Duval !

DUVAL, bas à Dancour (1).

Allons..., dans tes amours tu ne vas pas trop mal
Deux à la fois... !

DANCOUR bas.

Du tout, mon cher, ne va pas croire...

DUVAL, a Hortense.

Je suis, mademoiselle, heureux de la victoire
Que vient de remporter auprès de vous Dancour ;
Car nul ne méritait mieux que lui votre amour ;

(1) Dancour, Duval, Hortense.

Et si vous hésitiez, ainsi que vous le dites
Je serais le premier à vanter ses mérites.

DANCOUR, *bas à Duval.*

Tais-toi donc... !

DUVAL.

Vous aurez l'époux le plus soumis.
Le plus constant surtout...

DANCOUR, *bas à Duval.*

Mais puisque je te dis...

HORTENSE, *à Duval avec contrainte.*

Vous connaissant sincère et loyal, j'apprécie
Vos bons avis, monsieur, et je vous remercie.

DUVAL,

Veuillez donc m'excuser de ce dérangement,
Et recevez tous deux mon bien vif compliment.

SCÈNE VI.

DANCOUR, HORTENSE.

DANCOUR, *à part, avec l'accent du désespoir.*

Bien ! les voilà tous deux convaincus...! C'est ma faute,
Ou plutôt... Grand merci de vos conseils, mon hôte...!
Comment dire à présent que ce n'était qu'un jeu ?

HORTENSE, *à part.*

Comment le détromper après un tel aveu ?

DANCOUR, *à part.*

Du courage

HORTENSE , à part.

Il le faut pourtant.

Elle fait un pas vers Dancour et s'arrête en le voyant venir à elle.

Mademoiselle ,
Je serais désolé si par l'excès de zèle...
Que... (Il s'arrête et hésite.)

HORTENSE.

Quand vous aurez dit , monsieur , je vous prierai
De m'entendre à mon tour , puis je vous laisserai.

DANCOUR.

Parlez. ., si vous voulez.

HORTENSE.

Je puis attendre encore.

DANCOUR.

Non , car ce que j'allais vous dire , je l'ignore ,
Je ne m'en souviens plus , tant mes esprits troublés...

HORTENSE

Je commencerai donc , puisque vous le voulez...
Dès que je vous connus , mon sentiment intime
Fut que vous aviez droit à toute mon estime ;
Oui, j'ai toujours pensé, comme monsieur Duval ,
Que vous étiez doué d'un cœur noble et loyal.
Aussi jusqu'à la fin n'ai-je pas craint d'entendre .
Des protestations que j'étais loin d'attendre.
Au lieu de m'éloigner , comme je l'aurais dû...
J'ai même à vos aveux franchement répondu .
Mais , quoiqu'à votre ami mon langage ait fait croire ,
Je ne vous ai point dit , si j'ai bonne mémoire ,

Que j'acceptais l'honneur que vous daignez m'offrir

Mouvement de joie de Dancour.

DANCOUR.

Ainsi, vous...?

HORTENSE.

Si l'idée a pu vous en venir,
D'après ce que j'ai dit, je serai donc forcée
D'avouer que j'ai mal exprimé ma pensée :
Et je regretterais alors bien vivement
De n'avoir pas suivi mon premier mouvement.
Oui..., j'aurais dû partir sans vous faire connaître
Combien votre transport me touche et me pénètre,

En ce moment paraissent au fond Duval et Camille, se tenant
par le bras, et causant à voix basse.

Sans vous dire combien je regrette en ce jour
De ne pouvoir, monsieur, répondre à votre amour.

DANCOUR, *apercevant Duval et Camille.*

Dieu...! quel soupçon...!

HORTENSE *qui ne les voit pas.*

Veuillez excuser ma franchise :
C'est afin d'éviter, monsieur, toute méprise.

SCÈNE VII.

DANCOUR, HORTENSE, CAMILLE, DUVAL

DUVAL, *à part.*

Toujours ensemble !...

DANCOUR, *à part.*

Traître!   Ah!.. voilà donc pourquoi
Il me poussait vers l'autre et parlait tant pour moi...?

— Mais non, c'est impossible...

(Camille, quittant le bras de Duval, va tirer Hortense de sa rêverie. Duval reste au fond. Dancour l'aborde. La contenance des deux amis en se parlant annonce l'inquiétude et la défiance.)

HORTENSE, se retournant.

Ah !...

CAMILLE.

-Bien... Déjà rêveuse !...
Nous ne tarderons pas, je le vois, d'être heureuse,
C'est-à-dire d'aimer...

(Elles vont s'asseoir sur les fauteuils à gauche. Elles tirent chacune de leur poche une broderie et travaillent en causant.)

HORTENSE (1).
Folle !...

CAMILLE.

Oh ! tu pourrais bien,
Tout en aimant déjà, n'en savoir encor rien.
On ne s'aperçoit pas tout de suite qu'on aime,
Et l'on est quelque temps à s'ignorer soi-même.
On croit que ce qu'on sent n'est rien, et puis un jour
On reconnait enfin que c'était de l'amour.

(Elles continuent de causer tout en travaillant).

DUVAL, bas à Dancour.

Ainsi tu n'aimes pas mademoiselle Hortense ?

DANCOUR.

Non. Tu t'es trop hâté de croire l'apparence ;
Je t'avais cependant assez ouvert mon cœur...

(1) A gauche, Hortense, Camille assises ; à droite, au fond, Dancour, Duval.

DUVAL.

J'ai cru qu'en le voyant aimé d'elle..

DANCOUR.

Autre erreur...

DUVAL, à part d'un air de doute.

Oh!..

Il va prendre machinalement un journal sur la console et le déploie à moitié comme s'il voulait le lire, puis il le reploie et le remet à sa place. Cependant, Camille qui s'est levée s'approche de Dancour.

CAMILLE.

Quoi! monsieur Dancour, vous êtes toujours triste?

Pendant ce dialogue, il se passe entre Duval et Hortense le jeu de scène suivant: Duval s'approche du fauteuil que vient de quitter Camille et paraît disposé à s'y asseoir. Voyant cela, Hortense retire légèrement le sien. Duval, qui s'est aperçu du mouvement, prend brusquement son fauteuil qu'il porte devant la cheminée, s'y assied et avance les pieds et les mains devant le foyer comme pour se chauffer; puis s'apercevant aussitôt de son étourderie, il se lève, remet le fauteuil à sa place et va reprendre le journal sur la console.

Vous craignez qu'à vos vœux Hortense ne résiste?
Soyez tranquille, allez! son cœur est libre encor.
Et j'espère avant peu vous avoir mis d'accord..
J'espère qu'avec vous elle sera tout autre...

DANCOUR, l'interrompant.

Vous dites que son cœur est libre... Mais le vôtre...?

CAMILLE, continuant.

Je ne vous dirai pas qu'un si prompt changement
Ne m'a causé d'abord aucun étonnement;
Mais, loin de vous blâmer, il faut que je vous loue.
Car je n'aurais jamais cédé, je vous l'avoue:
Je suis une entêtée, une égoïste, et crois
Qu'en effet mon amie est meilleure que moi.

DANCOUR, *se contenant à peine.*

Et vous ne ferez pas , sans doute , un long veuvage…?

CAMILLE, *souriant.*

Pourquoi…? (*bruit en-dehors.*)

DARVILLE, *en-dehors.*

Non !

BRÉMONT, *en-dehors.*

Je te dis…

Hortense se lève.

SCÈNE VIII.

DANCOUR , DUVAL, HORTENSE , CAMILLE , BRÉMONT, DARVILLE.

DARVILLE.

Non. Ce carambolage
Tu ne le visais pas , et ce n'est qu'un raccroc.

BRÉMONT (1).

C'est bon ; mais calme-toi. Ce serait un escroc
Qui, par un vol infâme, eût causé ta ruine ,
Que tu ne ferais pas plus de bruit, j'imagine.

DARVILLE, *s'essuyant le front.*

Ouf! j'ai chaud !

BRÉMONT.

Je crois bien. Ah! ça , que faisons-nous…?
Voulez-vous faire un tour dans Paris…? Voulez-vous ..?

(1) Hortense, Camille, Darville Brémont , Dancour, Duval.

DARVILLE.

Du tout. ne t'en va pas; je ne te tiens pas quitte;
Tu viens de me gagner au billard... je veux vite
Ma revanche au piquet.

BRÉMONT , contrarié.

                    Allons, bon ! Mais, mon cher,
Tu dois toi même avoir besoin de prendre l'air.
Ce soir nous...

DARVILLE.

                    Non : d'ailleurs le temps est à l'orage,
Il va pleuvoir... (A part.) Il sait qu'il va perdre, il enrage.

BRÉMONT, à Camille, qui cause avec Hortense, près de la cheminée.

Sonne donc.

CAMILLE , mettant sa broderie dans sa poche.

        Il n'est pas besoin (Montrant Duval), Monsieur et moi
Nous allons préparer tout ce qu'il faut.

Elle l'emmène au fond, à droite, où se trouve une table de jeu.

BRÉMONT , souriant . a Duval.

                              Je croi
Que l'on abuse un peu de votre complaisance ,
Docteur.

DUVAL.

        Du tout, Monsieur.

Brémont va vers Hortense, et tout en causant , l'emmène s'asseoir sur le canapé
du fond , a gauche.

DARVILLE, à lui-même.

                    Procès perdu d'avance ..!
Et c'est un avocat. ..! (Voyant Dancourt). Eh ! qu'avais-je besoin
Morbleu! d'aller chercher pareil âne si loin?

J'avais là...

Il frappe sur l'épaule de Dancour qui était absorbé dans ses réflexions.

Vous dormez, l'ami? Pour vous distraire,
Je vais vous raconter en deux mots mon affaire :
Figurez-vous qu'un drôle, un coquin, un voleur
M'a vendu des moutons...

Ils remontent. Dancour jette de temps en temps les yeux sur Duval et Camille.

CAMILLE, *à Duval en souriant.*

Mon père vous fait peur ?

DUVAL, *qui a tiré de la table des cartes et des jetons.*

Je sais combien il est indulgent, mais peut-être
Faudrait-il lui donner le temps de me connaître.

CAMILLE.

Mais il vous connaît bien depuis plus de deux mois.

Tendrement.

Puis..., au besoin, pour vous j'éleverai la voix ;
Je lui dirai...

DUVAL.

De grâce...! Oh ! vous êtes un ange..!
Et s'il fallait donner tout son sang en échange
De votre amour ..!

CAMILLE, *vivement, en souriant.*

Du tout, monsieur..., vivez.

DUVAL, *à part.*

Hélas !

DARVILLE, *à Dancour*

Et vous souffririez, vous, un tour pareil...?

DANCOUR, *les yeux fixés sur Duval.*

Non pas..!

DARVILLE.

Cet homme est un coquin.

DANCOUR.

C'est un fourbe. . !

DARVILLE.

Oh ! qu'il tremble !

DANCOUR.

Je le tuerai… !

DARVILLE.

Comment… ! vous allez, ce me semble,
Un peu loin… , ou plutôt vous ne m'écoutez pas.

Quittant brusquement le bras de Dancour et s'éloignant de lui.

Morbleu ! la peste soit de tous les avocats !

DUVAL, *qui a, avec Camille, apporté la table sur le devant du théâtre , bas.*

Eh bien ! oui : c'est cela, j'écrirai…

CAMILLE.

Bien…

DARVILLE.

Que diable !
Vous avez mis longtemps pour placer cette table.

CAMILLE.

Si j'avais su , monsieur, que vous fussiez pressé…
Mais vous causiez alors , et je n'ai pas pensé…

DARVILLE.

C'est bon ! c'est bon. ! Eh bien , Brémont..?

BRÉMONT , *en se levant, à Hortense qui se lève aussi.*

Mademoiselle ,

Pardon ; mais vous voyez, votre père m'appelle ..
C'est un regret pour moi, je le dis franchement,
Car vous causez si bien...

Hortense le salue. Camille vient à elle, et elles vont reprendre leur place sur les deux fauteuils.

DARVILLE.

Merci du compliment.
Je cause donc bien mal ?

BRÉMONT.

Je préfère ta fille.
Comme à moi, j'en suis sûr, on préfère Camille

Ils s'assoient en face l'un de l'autre (1).

DARVILLE, tirant une carte.

Un dix.

BRÉMONT, tirant une carte.

Un huit.

DARVILLE.

A toi.

DANCOUR, s'approchant de Duval, à voix basse et entre les dents.

Donc nous sommes rivaux... !

DUVAL, résolument et avec inspiration.

Eh bien : oui.. ! (A part.) C'est le seul remède à tant de maux. !

DANCOUR, exaspéré.

Duval, si tu n'es pas lâche autant qu'hypocrite ..

DUVAL, avec colère,

Dancour... !

(1) Hortense, Camille assises ; Brémont et Darville à la table de jeu ; au fond,
Duval et Dancour.

DANCOUR.

Nous réglerons cette affaire de suite.

DUVAL.

Sortons ! (Allant à Bremont).

Monsieur Bremont, un malade m'attend,
Et je suis obligé de sortir à l'instant.

CAMILLE.

Après, vous reviendrez?

DUVAL , embarrassé.

Non, ce m'est impossible...
J'ai promis...

BRÉMONT.

Ma douleur n'est presque plus sensible ,
Mais je vous reverrai toujours avec plaisir.
Vous verra-t-on demain...?

DUVAL.

Si je ne puis venir....
Regardant Camille.

Je vous ferai toujours savoir de mes nouvelles.

CAMILLE , à part

Par sa lettre... j'entends...
Brémont se lève. Geste d'impatience de Darville.

DUVAL , saluant.

Messieurs, Mesdemoiselles...
Il sort. Bremont l'accompagne jusqu'à la porte.

DANCOUR.

Moi je vous quitte aussi... j'ai deux amis à voir.
Et puis j'irai dîner chez ma mère ce soir...

A part, avec douleur.

Ma mère...!

BRÉMONT, bas en l'accompagnant.

Eh bien ! pour vous est-on toujours de même ?
Avez-vous eu recours à ce moyen extrême
Dont nous...

DANCOUR.

Oui... parlons-en, il a bien réussi...!

BRÉMONT.

Non ? tant pis..., à revoir, portez-vous bien...

DANCOUR, saluant.

Merci !

SCÈNE IX.

LES MÊMES, MOINS DUVAL ET DANCOUR.

DARVILLE.

Y sommes-nous enfin... ?

CAMILLE, bas à Hortense.

Eh bien, ma chère Hortense,
Tu n'hésiteras plus à me parler, je pense ;
Monsieur Jules n'est plus ici pour t'écouter,
Je ne lui dirai rien, tu peux tout me conter.

BRÉMONT, en jouant.

Ah! ce Monsieur Duval est fort bien.

DARVILLE, en jouant.

C'est dommage
Que sa fortune ait fait un si rude naufrage.

BRÉMONT.

Son talent, qui pourra le conduire fort loin,
Le met, en attendant, au dessus du besoin.

DARVILLE

Ah çà, tu penses donc qu'il va faire merveille?

BRÉMONT.

J'en serais peu surpris.

DARVILLE.

Et moi, je lui conseille
De rentrer en province, où du moins on est sûr
De vivre, en travaillant...

BRÉMONT.

Oui : mais de vivre obscur.
Or, je crois qu'il aspire à la gloire.

DARVILLE,

Oh...! la gloire...!

BRÉMONT.

On ne peut l'obtenir que par une victoire.
Le monde ne rendra justice à vos travaux
Qu'en vous voyant briller entre mille rivaux ;
Et ce n'est qu'à Paris...

DARVILLE.

Tudieu! comme il s'enflamme...!
Assez de gloire ainsi. Si nous changions de gamme?

BRÉMONT, se tournant vers Hortense et Camille qui prêtent l'oreille.

A propos. Camille a, dans la chambre à côté,
Un piano d'un son superbe.

DARVILLE, *souriant avec ironie.*

En vérité !

BRÉMONT, *à Camille et Hortense.*

Faites-nous donc un peu...

CAMILLE, *a Hortense.*

Veux-tu ?

DARVILLE.

Non pas, de grâce.

BRÉMONT.

Pourquoi ?

DARVILLE.

Tu sais combien le piano m'agace.

BRÉMONT, *a part.*

C'est juste. *(Haut.)* On fermera la porte.

DARVILLE.

C'est égal,
J'entendrais toujours trop.

BRÉMONT, *a part.*

Ah ! quel... original... !

DARVILLE.

Quand je serai sorti, soit...

BRÉMONT, *avec ironie.*

Vrai ? c'est trop aimable...

DARVILLE.

Pour moi le son du cor est le seul agréable...
Quand il sert pour la chasse aux loups.

BRÉMONT.

                              Je ne sais trop
Si l'on n'en chasse pas avec le piano.

DARVILLE, vivement.

Que veux-tu dire ?

BRÉMONT.

Bien. Continuons...

Darville reprend son jeu en murmurant

CAMILLE, bas à Hortense.

                              Ma chère,
Mon sentiment ici d'avec le tien diffère.
Pour moi, je l'avouerai, c'est mon plus grand bonheur,
Quand mon cœur est joyeux, que d'épancher mon cœur.
Suis-je triste au contraire?... Eh bien! j'agis de même :
Je vais me consoler auprès de ceux que j'aime.
En se réfugiant au sein de l'amitié,
La tristesse devient moins grande de moitié

Un éclair. Hortense fait un mouvement de frayeur

HORTENSE.

Soit. Mais outre qu'il est certaines confidences
Dont l'on doit s'abstenir, selon les circonstances.
Est-il bien généreux de faire à son ami
Supporter la moitié des maux dont on gémit?
Ne convient-il pas mieux de savoir se contraindre,
D'habituer son cœur à souffrir sans se plaindre

Un éclair.

CAMILLE.

Dieu! quelle théorie! As-tu souvent eu lieu
De la mettre en pratique...?

HORTENSE , vivement.

Oh ! non.

CAMILLE.

Tant mieux.

Un coup de tonnerre.

HORTENSE , tressaillant.

Grand Dieu !...

CAMILLE.

Peureuse ! — Mais le cœur avec qui l'on s'épanche
Acquiert par-là le droit de prendre sa revanche,
Et si quelque chagrin vient demain l'affliger ,
Avec vous à son tour il viendra partager.
Je ne puis donc , ma chère, approuver tes scrupules ;

Un éclair.

Mais laissons tout cela. Parlons de monsieur Jules.
Tu dis donc... (Un coup de tonnerre.)

DARVILLE

Eh ! morbleu ! je sais ce que je dis ;
Compte bien... Tu ne peux faire quatre-vingt-dix...

BRÉMONT.

Mais si...

DARVILLE.

Mais non, que diable !...

BRÉMONT.

Allons , je recommence :
Camille , viens , écoute... (Camille se lève et approche. ;
Ah ! quelle patience
Il faut avoir !...

DARVILLE.

Tu dis ?..

BRÉMONT.

Rien. Six trèfles

Un éclair.

DARVILLE.

C'est bon.

BRÉMONT

Quinte majeure !...

DARVILLE.

Bon !...

Violent coup de tonnerre. Hortense éprouve comme une agitation nerveuse.

BRÉMONT.

Ah ! bon Dieu... ! la maison
En a tremblé... Pardon. Mais il faut que je sorte ;
Des ordres à donner... *(Il se lève.)*

DARVILLE.

Que le diable t'emporte... !

Tirant une pipe de sa poche.

En attendant, je vais...

BRÉMONT.

Oh ! pas ici.. !

DARVILLE.

Pourquoi ?

BRÉMONT.

Tu seras mieux en bas ; viens, descends avec moi.

*Darville hausse les épaules, se lève et suit Brémont. Cependant Hortense, restée
assise, paraît lutter contre une force invisible qui la cloue sur son fauteuil.*

SCÈNE IX.

HORTENSE, CAMILLE

Un éclair, puis un coup de tonnerre. L'orage continue, mais toujours en s'éloignant

CAMILLE, regardant par la fenêtre.

Quels éclairs ! quel déluge ! — Il est sorti bien vite ;
Ne pouvait-il remettre un peu cette visite ?
Je trouve que c'est être aussi trop complaisant ;
Pourvu qu'il ne soit pas dans la rue à présent !

Elle revient vers Hortense et s'arrête frappée d'étonnement en la voyant immobile
sur son fauteuil, la tête haute et les yeux à demi fermés.

Tiens... ! Hortense qui dort... ! Oh ! quel regard étrange !
Quelle immobilité... !

HORTENSE, à mi-voix, en dormant.

Comme ils s'aiment !

CAMILLE.

Qu'entends-je... !
Si c'était ce sommeil dont l'étrange vertu...?
Oh ! j'en serais ravie...

Elle vient s'agenouiller devant Hortense et lui prend les deux mains.

Hortense, m'entends-tu...?

HORTENSE.

Oui.

CAMILLE.

Pourrais-tu me dire où se trouve à cette heure
Monsieur Paul Duval...?

HORTENSE, après un silence.

Non.

CAMILLE.

Connais-tu sa demeure… ?

HORTENSE, après un silence.

Non

CAMILLE.

C'est dans cette rue… au numéro vingt-six :
Quant à l'étage…

Un éclair.

HORTENSE.

Attends… c'est au second , j'y suis…

CAMILLE qui a fait un geste d'étonnement.

Eh bien…?

Coup de tonnerre.

HORTENSE.

Oh ! cette chambre est vraiment fort coquette ;
Ces meubles sont d'un goût parfait (Tressaillant).

Ah ! ce squelette !

CAMILLE , dont l'étonnement redouble.

Monsieur Duval est-il chez lui ?

HORTENSE.

Précisément :

Il écrit..

CAMILLE , vivement

Une lettre…?

HORTENSE.

Oui . (Elle regarde de nouveau).

Non.. son testament.

CAMILLE , stupéfaite.

Son testament !... Pourquoi ?

HORTENSE.

Je ne sais pas...

CAMILLE, à part.

Je tremble ..

Haut.

Ils ont dû , monsieur Jule et lui , sortir ensemble,
Et peut-être...

Un éclair.

HORTENSE, avec inspiration.

En effet , il doit se battre en duel
Avec monsieur Dancour , la nuit prochaine...

Coup de tonnerre dans le lointain.

CAMILLE.

Ciel ..!

HORTENSE.

Grand Dieu ! monsieur Duval ...! oui , je lis dans son âme;
Il veut mourir...!

CAMILLE.

Mourir ..!

HORTENSE.

Il aime une autre femme !

CAMILLE , terrifiée.

Comment ! ce n'est pas moi...?

HORTENSE.

Non. Il t'a fait la cour
Par dépit , comme a fait pour moi monsieur Dancour.

CAMILLE , se levant, hors d'elle-même.

Quoi.. ! l'ingrat me trompait... il me mentait, l'infâme...!
Et quelle est ma rivale..? Oh..! cherche cette femme ,
Dis-moi quel est son nom ; je le veux... réponds-moi.. !
Mais tu pleures...!

HORTENSE , comme à elle-même.

Et moi qui l'accusais. .!

CAMILLE.

C'est toi !!!

Elle recule de plusieurs pas en arrière et va tomber sur la causeuse, où elle perd
connaissance. Sa tête se trouve appuyée sur le dos de la causeuse, de manière à
faire croire que Camille s'est placée là exprès pour dormir. Musique en sourdine
à l'orchestre. Brémont et Darville rentrent, continuant une discussion. L'orage a
tout-à-fait cessé.

SCÈNE X.

LES MÊMES , BRÉMONT . DARVILLE

DARVILLE.

Dis ce que tu voudras ; je tiens à la richesse.

BRÉMONT.

Si ta fille pourtant...

DARVILLE.

D'ailleurs rien ne me presse.

BRÉMONT , montrant à Darville Hortense et Camille

Tiens...! vois donc...!

DARVILLE

Ah ! pardieu ! voilà qui me confond .
En plein jour..., ! à leur âge. .! Allant à Hortense et lui secouant le bras
Eh ! Hortense !

HORTENSE , s'éveillant.

Quoi donc ?

C'est vous , mon père ? — Eh quoi ! je m'étais endormie ?

DARVILLE.

Elle en doute...! Allons, va réveiller ton amie.

BRÉMONT.

Ah çà ! si nous sortions ? le temps s'est éclairci...
Quant à moi , ton piquet va m'endormir aussi.

En ce moment Camille, à qui Hortense a pris la main, revient à elle et regarde
autour d'elle avec étonnement.

DARVILLE , reprenant sa place à la table de jeu.

Finissons la partie.

BRÉMONT.

Après nous ferons trève...?

Allant à Camille.

Eh bien ! nous avons donc dormi ?

DARVILLE , frappant avec ses doigts sur la table en signe d'impatience.

Voyons... !

Brémont , haussant légèrement les épaules, vient reprendre sa place.

CAMILLE , à elle-même.

Quel rêve...!

FIN DU DEUXIÈME ACTE.

ACTE III.

La table de jeu et les deux chaises ont été remises à leur place. Les deux fauteuils de
gauche sont moins près l'un de l'autre.

SCÈNE PREMIÈRE.

CAMILLE , entrant par la porte du fond , descend lentement la scène et
s'arrête près de la causeuse.

Comment avons-nous pu nous endormir ainsi ,
Car il parait qu'Hortense alors dormait aussi... ?
Seulement son sommeil fut un sommeil paisible, (1)
Et moi... moi, dans le mien j'ai fait un rêve horrible...!
Ce testament, ce duel, ce besoin de mourir .
Cet amour pour Hortense...! Oh ! qu'il tarde à venir... !
— Ce rêve.. . pourquoi donc m'a-t-il ainsi frappée. .?
Juste ciel .! Quand j'y songe.. Ils m'auraient tous trompée..!
Hortense , que je viens d'interroger encor ,
Hortense l'aimerait...! Mais s'ils étaient d'accord ,
S'ils s'aimaient.. dans quel but..? Oh ! ma raison se trouble..
— Mentir...! user de ruse...! avoir une âme double...!
O mon Dieu! pour savoir si l'on me trompe ici,
Est-ce qu'il faudra , moi, que je leur mente aussi... ?

Prêtant l'oreille

J'entends du bruit... On vient...!

Hortense entre.

---

1. On sait que les somnambules n'ont aucun souvenir de ce qui s'est passé dans leur
sommeil.

SCÈNE II.

CAMILLE , HORTENSE

HORTENSE.

Eh bien, chère malade...?

CAMILLE.

C'est toi.. ? Tu n'es donc pas de cette promenade ?
Je t'ai laissée en bas prête à sortir. .

HORTENSE.

C'est vrai :
Mais, toi ne venant pas , c'était contre mon gré ,
Et je ne le faisais que par obéissance.

CAMILLE, contenant son dépit.

Mon père, auprès du tien, a donc pris ta défense ?

HORTENSE.

Oui... Je n'osais rien dire , et sans lui je sortais ;
Mais il savait que loin de toi je m'ennuierais ,
Et que tu t'ennuierais peut-être un peu toi-même.

CAMILLE , même jeu.

Mon bon père ..! En effet, il sait combien je t'aime.

HORTENSE.

Chère Camille... ! Au reste il pense , comme moi,
Que ton malaise était un prétexte...

CAMILLE.

Tu croi... ?
J'attends monsieur Duval... lui seul pourra me dire
Si je m'effraie à tort ..

HORTENSE, souriant avec effort.

Ah.. !

CAMILLE.

Pourquoi ce sourire ?

HORTENSE.

Pour rien.

CAMILLE.

Mais enfin.

HORTENSE.

C'est... que je crois que ton mal
Se dissipera vite avec monsieur Duval.

CAMILLE, à part, avec frayeur.

L'aimerait-elle... ? (Haut.) Eh bien, tu te trompes, ma chère ;
Mon mal va tout à l'heure augmenter, au contraire ;
Car apprends que si j'ai refusé de sortir .
Et si j'ai fait prier le docteur de venir ,
C'est pour lui déclarer que je m'étais méprise ,
Que j'aime ailleurs : enfin , que ma main est promise...

HORTENSE, étonnée.

Que t'a-t-il donc fait?

CAMILLE.

Rien.

HORTENSE.

Rien...? il n'a pas de torts
Envers toi ?

CAMILLE.

Non.

HORTENSE.

Pourquoi le quereller alors?

CAMILLE.

Mais je n'ai pas dessein de lui chercher querelle.

HORTENSE.

Quoi! c'est une rupture?

CAMILLE.

Oui.

HORTENSE, à part.

Soupçonnerait-elle...?

Haut.

Tu ne peux rompre ainsi sans avoir un motif.

CAMILLE.

J'ai.. qu'il ne me plait pas...

HORTENSE.

Mais... ce penchant si vif
Que tu m'as avoué...

CAMILLE.

Je m'abusais moi-même,
Et c'est décidément monsieur Jules que j'aime.

HORTENSE, a part.

Elle ment (Haut.) Ah! tant pis pour ce pauvre docteur,
Et d'avance je prends bien part à sa douleur.

CAMILLE, observant Hortense qui baisse les yeux.

Oh! je ne le crois pas très-épris, quoi qu'il dise,
Et j'ai toujours un peu douté de sa franchise.

Je crois qu'on le pourrait consoler aisément .

A part.

Pas un mot ! pas un geste..! *Haut.* Eh ! tiens..! en ce moment
J'y songe... Il te connait... Ton esprit et ta grâce
Sans doute l'ont charmé... Si tu prenais ma place ?

HORTENSE.

Moi ..?

CAMILLE.

Je crois franchement qu'il l'aime mieux que moi
Et qu'il serait heureux de l'obtenir. — Et toi ,
Comment le trouves-tu...?

HORTENSE.

Fort bien , et je regrette

S'efforçant de sourire.

De n'être pas d'humeur à lui payer ta dette.

CAMILLE , *à part.*

Allons...! décidément , elle ne l'aime pas.

Elle remonte la scène et prête l'oreille.

HORTENSE *à part.*

Que je souffre , ô mon Dieu...!

CAMILLE.

C'est lui ! j'entends son pas..!

A part, examinant Hortense.

Point d'altération dans ses traits... , pas la moindre !

Haut.

Descends donc au jardin où j'irai te rejoindre.
Va , *(Hortense sort par la porte de gauche.)*

Camille seule a elle-même.

Sur un point déjà mon rêve est démenti.

SCÈNE III.

CAMILLE, DUVAL.

DUVAL.

Vous m'attendiez...?

CAMILLE

Enfin, vous avez consenti

A venir...

Mouvement de Duval. Camille s'assied sur l'un des fauteuils et montre l'autre à Duval (1).

Veuillez donc vous asseoir et m'entendre :

Ils s'asseyent. Moment de silence.

Tantôt, avec mystère, on est venu m'apprendre
Que vous deviez vous battre avec monsieur Dancour...

DUVAL, *stupéfait.*

Quoi... ! Comment... ?

CAMILLE.

Est-ce vrai..? Répondez sans détour.

DUVAL, *après un moment d'hésitation.*

C'est vrai...

CAMILLE, *avec agitation.*

Grand Dieu ! Pourquoi? D'où vient votre querelle?

DUVAL.

C'est... qu'à tous ses efforts Jules vous voit rebelle,
Et qu'il se prend à moi d'un refus obstiné.

(1) Camille Duval.

CAMILLE.

J'ai cru que vers Hortense il s'était retourné.

DUVAL.

Le sombre désespoir où son âme est réduite
Peut seul dans tout ceci m'expliquer sa conduite.
Peut-être espérait-il, par ce dernier effort,
Dans votre âme éveiller quelque jaloux transport.
Pour moi qui fus témoin de sa douleur extrême,
Je n'en puis plus douter, c'est vous seule qu'il aime

CAMILLE.

Pensait-il m'obtenir par ce duel ?

DUVAL.

Je ne sais.

CAMILLE.

Vous vous êtes conduits comme deux insensés :
Mais j'irai le trouver ce soir avec mon père,
Et je saurai bien mettre un frein à sa colère.

DUVAL.

Mais...

CAMILLE.

Oh ! rassurez-vous, je prendrai tout sur moi.

DUVAL.

Pourtant...

CAMILLE.

Vous tenez donc à ce duel... ?

DUVAL.

Moi... ? pourquoi ?

CAMILLE, *dont l'agitation va toujours croissant.*

Mon Dieu ! Que sais-je... ? On est quelquefois las de vivre :
Le chagrin... , le remords. . : mais laissez-moi poursuivre :
— Avec moi... , franchement... , auriez-vous , en ce jour,
Fait ce qu'auprès d'Hortense a fait monsieur Dancour ?
Parlez : n'avez-vous point quelque secret dans l'âme ?
Enfin , aimeriez-vous , monsieur , une autre femme ?

DUVAL.

Vous m'avez ordonné de parler sans détour :
J'avouerai que mon cœur eut un premier amour.
— En venant à Paris , je fuyais une femme
Dont les traits avaient mis le trouble dans mon âme ,
Et qui , quand mon bonheur semblait presque certain ,
Avait montré pour moi le plus profond dédain.
Confus , désespéré , je n'eus qu'une pensée :
Me guérir au plus tôt d'une ardeur insensée ;
Chasser de mon esprit un souvenir fatal...
Je partis, m'exilant de mon pays natal .
Et revins à Paris , berceau de ma jeunesse.
— Déjà se dissipait une indigne faiblesse.
Auprès de votre père alors on m'appela.
Je vous vis , et mon cœur de nouveau se troubla ;
Car plus je vous voyais et plus votre visage
De ses traits , à mes yeux, offrait la noble image :
Et déjà je sentais dans mon cœur transporté
L'image succéder à la réalité ,
Car vous êtes sensible et douce autant que belle ,
Quand le hasard , chez vous, amena la cruelle ..

CAMILLE.

Et votre premier feu s'est réveillé soudain.

Alors, pour vous venger d'un insolent dédain,
Vous m'avez fait la cour, pensant que mon amie
En concevrait dans l'âme un peu de jalousie.

DUVAL, avec hésitation.

Mais, c'est vous, il me semble..

Il s'arrête.

CAMILLE.

Achevez...!

DUVAL.

Non... pardon.

CAMILLE.

C'était donc une feinte, et vous me mentiez donc
Quand vous êtes venu, ce matin, ici même,
Me dire d'une voix tremblante : je vous aime...?

DUVAL, à part.

Quoi..! j'aurais dit...!

CAMILLE, se levant. — Duval se lève aussi.

Plus tard, lorsque dans cet aveu
Vous avez persisté... ce n'était donc qu'un jeu...,
Qu'un moyen d'attirer à vous une autre femme?
Savez-vous bien, au moins, que ce serait infâme!
Répondez-moi, monsieur : qu'ai-je fait jusqu'ici
Qui vous ait donné droit de me traiter ainsi?

DUVAL, résolument.

Rien... Aussi n'ai-je pas de reproche à me faire.
Dans tout ce que j'ai dit mon cœur était sincère.
J'ai fait les premiers pas, dites-vous ; j'y consens
Mais vous auriez dû voir, au trouble de mes sens.

Aux hésitations de mon âme inquiète ,
Que j'étais agité d'une crainte secrète :
Celle qui, la première , a reçu mes serments ,
Avait pu revenir à d'autres sentiments :
Et je craignis d'abord, en la voyant paraître,
De m'entendre traiter de parjure et de traître.

CAMILLE.

Et si son cœur enfin eût paru vous aimer... ?

DUVAL, avec amertume,

J'avais assurément bien tort de m'alarmer ,
Et je vois que je puis dépouiller tout scrupule ,
D'après l'attachement qu'elle montre pour Jule ;
Car Dancour auprès d'elle a plus fait en un jour...

CAMILLE.

Hortense n'a jamais aimé monsieur Dancour ;
L'insensibilité qu'elle montre m'étonne ;
Mais je crois, en effet, qu'elle n'aime personne.
Elle va tirer le cordon de sonnette à gauche de la cheminée.
Mais en ce qui vous touche , et pour que vous sachiez
Ce qu'éprouve pour vous celle que vous aimiez ..
Que vous... aimez encor. .

DUVAL, vivement.

Non , et puisque c'est elle
Qui l'a voulu..

CAMILLE, à un laquais qui entre.

Veuillez prier mademoiselle
Darville de venir... (Le laquais sort.)

DUVAL

Quel est votre projet. ..?

CAMILLE , *montrant le cabinet à droite de la cheminée.*

Vous éclairer... Entrez là , dans ce cabinet ,
Et d'après l'entretien que vous allez entendre ,
Vous verrez quel parti , monsieur , vous devez prendre.

DUVAL.

Soit , puisque vous voulez...

Il entre dans le cabinet.

CAMILLE , *seule , à voix basse.*

Si j'ai bien entendu ,
Et s'il dit vrai, je vois que tout n'est pas perdu.
Mais mon illusion n'en est pas moins détruite ;
Une autre eut avant moi son amour. .

(A Hortense qui entre.)

Ah ! viens vite.

SCÈNE IV.

CAMILLE, HORTENSE

HORTENSE.

Seule...? Monsieur Duval...?

CAMILLE (1).

Le docteur est parti.

HORTENSE , *montrant la porte de gauche.*

C'est donc par cette porte alors qu'il est sorti ?

CAMILLE , *élevant un peu la voix.*

Oui. — Dis-moi, chère Hortense , avant son arrivée

(1) Camille, Hortense.

Je t'ai parlé de lui... Je t'ai même trouvée
Assez peu disposée en sa faveur. Pourtant
D'après tout ce qu'il vient de me dire à l'instant ,
Je pense qu'il devrait à tes yeux trouver grâce ,
Car il n'est pas de tort qu'un repentir n'efface ;
Il s'est complètement fourvoyé , comme moi ;
Le dépit le poussait à m'engager sa foi ,
Mais c'est bien toi qu'il aime ou plutôt qu'il adore.

HORTENSE, ébranlée.

S'il m'eût vraiment aimée et s'il m'aimait encore ,
Aurait-il quitté Rouen pour venir à Paris ?

CAMILLE.

C'était pour oublier tes marques de mépris...
Ou du moins de froideur... Tu n'es guère expansive ,
Peut-être il aura pris ta réserve excessive...

HORTENSE , à elle-même en regardant Camille.

Me serais-je trompée...?

CAMILLE , apercevant Duval qui a entr'ouvert la porte du cabinet pour mieux
entendre.

Oui , certe, il t'aime.... et toi...?

HORTENSE.

Moi ?

CAMILLE.

Tu l'aimes.

HORTENSE , avec hésitation.

Pas plus que toi.

CAMILLE.

Pas plus que moi... ?
Alors tant pis pour lui.

HORTENSE.

Camille, es-tu sincère...?

CAMILLE.

Tout autant que toi-même.

HORTENSE.

Il n'a pas su te plaire... ?

CAMILLE.

Du moins jusqu'à l'amour.

HORTENSE, avec expansion.

Écoute... Je ne puis
Savoir si tu dis vrai. Quant à moi, je me suis
Trop longtemps contenue, il faut que je m'épanche ;
Non, tu ne peux mentir, toi dont l'âme est si franche :
Et moi, je t'ai menti...

CAMILLE.

Comment... !

HORTENSE.

Pardonne-moi,
Camille ; j'ai manqué de confiance en toi..
Dès longtemps j'aurais dû te dire ma souffrance.
A toi qui viens de rendre à mon cœur l'espérance.
Dès longtemps j'aurais dû t'apprendre ce secret
Qui me comblait de joie et qui me déchirait.

Duval sort du cabinet et s'approche.

Monsieur Duval, dis-tu, croit que je le méprise ;
Qu'il m'est indifférent... Ah ! s'il m'avait comprise,
Il saurait que jamais cœur ne fut pénétré
D'une estime plus pure et d'un amour plus vrai.

DUVAL.

Grand Dieu... !

HORTENSE , se retournant terrifiée.

Vous étiez là, monsieur!!!

CAMILLE.

Oui, c'est moi-même
Qui l'ai voulu...   A Hortense qui cache sa tête dans ses mains.)
Pourquoi pleurer...? tu sais qu'il t'aime!!
Maintenant vous pourrez vous entendre...

DUVAL , a Camille (1)

Oh ! merci...!

A Hortense.

Si je vous ai blessée, en agissant ainsi,
Mademoiselle, eh bien, punissez-moi donc vite,
Donnez-moi tous les noms que mon crime mérite.

Il tombe a ses pieds; cependant Camille a remonté et est descendue a gauche.

Songez que, quoi que fasse ici votre courroux,
Je trouverai toujours mon châtiment trop doux,
Et que rien n'effraiera mon cœur qui vous adore,
Pourvu que je vous voie et vous entende encore...!

CAMILLE.

Oh...! j'étouffe...! de l'air ..!

Pâle et chancelante, elle se dirige vers la porte de gauche et sort après avoir jeté
un dernier regard sur Duval et Hortense.

(1) Duval, Camille, Hortense.

SCÈNE V.

DUVAL, HORTENSE.

DUVAL.

Vous ne répondez pas...
Vous détournez les yeux... Que dois-je croire, hélas...!
Vous aviez dit d'abord que vous n'aimiez personne...
De peur que votre amie à la fin ne soupçonne
Que vous aimez Dancourt, peut-être...

HORTENSE, vivement.

Quoi ! monsieur,
Votre ami vous a-t-il laissé dans cette erreur...?

DUVAL.

Enfin, vous parlez donc...? (Hortense sourit légèrement.)
Et... quand ferez-vous grâce...?
Voyons..., me faudra-t-il mourir à cette place
Sans avoir obtenu...

HORTENSE.

Vous m'avez dit vingt fois
Que vous n'aimiez...

DUVAL.

Dieu sait...

HORTENSE.

Aujourd'hui je vous crois
Mais cette vive ardeur qui chez vous se révèle,
Depuis combien de temps, dites-moi, dure-t-elle ?

DUVAL.

Du jour où je vous vis pour la première fois.

HORTENSE , souriant.

Prenez garde : cela ferait quatre ans, je crois.

DUVAL.

Vos attraits, tout d'abord, ont captivé mon âme.

HORTENSE.

Pourtant...

DUVAL.

    J'allais enfin vous déclarer ma flamme,
Quand, par un coup du sort qu'on n'avait pu prévoir ,
Je perdis ma fortune... et mon plus cher espoir ;
Je voulus cependant lutter contre l'orage ,
Et de tout mon malheur s'augmenta mon courage.
Je repris mes travaux , stimulé nuit et jour
Par cette ardeur qu'inspire un véritable amour.
Quand mon faible talent enfin se fit connaître ,
Je sentis dans mon cœur l'espérance renaître :
Pour moi se dessinait un avenir heureux...
C'est alors que j'osai vous adresser mes vœux.

HORTENSE , appuyant sur les mots.

L'an dernier...

DUVAL.

    Comme excuse à ces vœux téméraires,
J'invoquai l'amitié qui lia nos deux mères ;
Puis...

HORTENSE

Enfin , vous m'aimez ?

DUVAL.

    Ah ! vous savez trop bien. .

HORTENSE , timidement.

Mais mon père , monsieur , n'en sait encore rien. .!

DUVAL.

Il ne peut ignorer combien vous m'êtes chère...
Car en lui demandant votre main...

HORTENSE.

A mon père...!
Vous avez demandé ma main...?

DUVAL.

Certainement.
Ne le savez-vous pas ?

HORTENSE.

Moi.. Monsieur ? Nullement

DUVAL.

Mais... en termes fort clairs sa lettre vous accuse :
« Monsieur, j'ai consulté ma fille : elle refuse. »

HORTENSE , étonnée.

Sa lettre ?

DUVAL.

C'est alors que pour ne plus vous voir
Je suis venu cacher ici mon désespoir.
Mais ignoriez-vous donc.. ? Je comprends. — Ma demande
A votre père était d'une audace si grande,
Qu'il n'aura pas daigné même vous consulter
Sur ce pauvre parti qui s'osait présenter...
Et moi qui...!

HORTENSE , avec dignité.

Modérez l'ardeur qui vous anime,
Monsieur ; je sais combien mon père vous estime :
Peut-être aurez-vous mal compris... Quoi qu'il en soit,
Il n'aurait en ceci fait qu'user de son droit.

DUVAL.

Allons , fort bien ! A quoi qu'il veuille vous contraindre,
Je vois que vous saurez obéir sans vous plaindre.
Je n'ai d'espoir qu'en vous, et dès le premier pas ,
Vous perdez tout courage .. Ah ! vous ne m'aimez pas...:

Darville paraît au fond, sa canne à la main. Il s'arrête stupéfait , puis il s'avance de
quelques pas en ramenant à lui les deux battants de la porte.

Vous pleurez...! et c'est moi qui fais couler vos larmes ;
Oh ! comment résister à de pareilles armes ?
Oui , si monsieur Darville était là..., s'il pouvait
Ainsi que moi vous voir... il dirait...

SCÈNE VI.

DUVAL , HORTENSE , DARVILLE.

DARVILLE , s'avançant furieux.

Il dirait

Que vous êtes , monsieur , un hardi personnage !!

HORTENSE.

O ciel ! (Elle va tomber sur la causeuse).

DUVAL , irrité. (1)

Monsieur !

DARVILLE , à Hortense.

Et toi , que je croyais si sage ,

Toi , tu prêtes l'oreille à des propos galants !!

HORTENSE.

Mon père !

(1) Duval, Darville, Hortense.

DARVILLE.

Quand je veux t'emmener, tu prétends
Que Camille est malade et... *(cherchant autour de lui).*
                              Mais où donc Camille?

*Hortense promène ses regards dans le salon et semble étonnée de n'y pas voir
Camille.*

Tu ne sais même pas...! Allons, fort bien, ma fille :
J'ai, fort heureusement, d'après ce que je voi,
Laissé Brémont finir nos visites sans moi,

À part.

Et puis j'étais si las ..! *à Duval.* Que prétendiez-vous faire..?
Pensiez-vous enlever une fille à son père...?

DUVAL, *se contenant à peine.*

Je lui disais combien il m'aurait été doux
D'être accueilli par elle aussi bien que par vous ;
Et combien ma douleur avait été cruelle
De me voir repoussé précisément par elle.

DARVILLE, *à Hortense.*

Et qu'as-tu répondu ?

HORTENSE.

                              Que monsieur s'est mépris,
Car... vous ne m'avez pas demandé mon avis.

DARVILLE, *bas.*

Maladroite, as-tu pu répondre de la sorte ?
N'as-tu pas deviné? *(À part.)* Sotte...! *À Duval.*
                              Eh bien, oui ; qu'importe ?
Que ce soit elle ou moi qui vous ait refusé,
Dites-moi donc, monsieur, vous êtes bien osé
De venir tourmenter ma fille en mon absence...!

DUVAL.

Ainsi donc vous n'étiez pour moi qu'en apparence :
Vous vous êtes joué de ma crédulité...
— Et saurai-je, monsieur, en quoi j'ai mérité... ?

DARVILLE.

Je n'ai, mon cher monsieur, point de compte à vous rendre,
Et d'ailleurs je n'ai pas le temps de vous entendre ;
Comme vous nous gênez et qu'il faut en finir,

Lui montrant la porte.

Je ne vous retiens pas et vous pouvez sortir.

Hortense se leve.

DUVAL.

Eh quoi ..! tant d'insolence...

HORTENSE, adressant a Duval un regard suppliant.

Oh... !

DARVILLE.

Insolent vous-même. .!

HORTENSE, vivement.

De grâce, épargnez-le, mon père, car je l'aime !

DARVILLE.

Tu l'aimes... ! Elle l'aime à présent...! C'est trop fort ..!

A Duval qui remonte la scène.

Vous avez donc, monsieur, jeté sur elle un sort...!

A Hortense.

Eh bien ! tant pis pour toi... Mais sache bien, ma fille,
Que monsieur n'entrera jamais dans ma famille.

HORTENSE.

Mon père... Au nom du ciel !

DARVILLE , la repoussant durement.

Laisse-moi.

DUVAL , indigné et venant se placer entre Darville et sa fille (1).

C'en est trop !
Un père tel que vous, je l'appelle un bourreau...!

DARVILLE , avec un sourire d'ironie.

Soit... Je suis un bourreau.. Mais répondez, jeune homme :
Pourriez-vous, s'il vous plaît, dire comment on nomme
Ceux qui, dans les maisons, quand le maître est dehors,
Se glissent, pour chercher et ravir des trésors?

DUVAL , exaspéré, s'avançant vers Darville les yeux étincelants.

Monsieur... ! (Darville lève sa canne comme pour en frapper Duval.)

HORTENSE , venant se jeter entre son père et Duval (2).

Vous l'accusez injustement, mon père !
Si monsieur est venu, ce n'est qu'à ma prière !

DUVAL , vivement.

Non. Ne la croyez pas.

DARVILLE , furieux, à Hortense.

Comment! ce serait toi
Qui l'aurais attiré.. !!

DUVAL , avec feu.

Non.

DARVILLE.

Et qui donc?

Tout-à-coup la porte du fond s'ouvre et Camille paraît

(1) Darville, Duval, Hortense.
(2) Darville, Hortense, Duval.

SCÈNE VII.

DUVAL, HORTENSE, DARVILLE, CAMILLE.

CAMILLE.

C'est moi...!

Tous se retournent et la regardent avec des sentiments divers.

DARVILLE. (1)

Vous...?

CAMILLE.

Moi, qui dans le cœur d'Hortense ayant su lire
Le secret qu'elle avait refusé de me dire,
Ai désiré savoir si monsieur partageait
Le tendre sentiment dont il était l'objet.
Sans moi, sans mon secours, ils en seraient encore
A nier tous les deux l'ardeur qui les dévore,
Car ils se soupçonnaient tous deux de trahison.

Amèrement.

Tant l'amour quelquefois égare la raison :
— Et maintenant, monsieur, vous voudriez détruire
L'édifice que j'eus tant de peine à construire...!
Vous voudriez plonger dans un deuil éternel
Ceux à qui j'ai tantôt fait entrevoir le ciel !!
Vous voudriez enfin, sans vouloir rien entendre,
Briser deux cœurs unis par un amour si tendre !!!
Mais pour qu'à la pitié votre cœur soit fermé,
Parlez : vous n'avez donc, monsieur, jamais aimé..?

(1) Hortense, Darville, Camille, Duval.

Vous ne sentez donc pas ce que doit souffrir l'âme
Que consume et dévore une secrète flamme,
Lorsqu'après un instant de joie, hélas! si court,
Elle se voit ravir l'objet de son amour?

S'animant de plus en plus.

Vous ne voyez donc pas l'affreuse solitude
Qui se fait autour d'elle, après un coup si rude?
Et qu'elle en peut venir, à force de douleur,
Jusqu'à prendre le monde et la vie en horreur!

DARVILLE.

Quel langage et quel feu! Pardieu, mademoiselle,
Quel roman vous a donc tant troublé la cervelle?
Rassurez-vous... Hortense est forte, Dieu merci!
Et ne craint point les maux dont vous parlez ici..

CAMILLE.

Oui, si la pauvre enfant était comme son père;
Mais par malheur pour elle, elle tient de sa mère,
Sainte femme que Dieu mit sur votre chemin...
Et sa mère, monsieur, est morte de chagrin.

Mouvement de Darville. Camille cache sa tête dans ses mains et pleure.

Prenez garde! le ciel, qui tôt ou tard se venge,
A voulu, près de vous, laisser encor un ange;
Mais si vous le tuez...! songez vous bien alors
Quels seront vos regrets, quels seront vos remords...?
Dieu peut prendre en pitié des erreurs passagères,
Il ne pardonne pas, monsieur, aux mauvais pères!!

DARVILLE, exaspéré.

Moi, mauvais père! moi...!

HORTENSE , vivement.

Non... et jusqu'à ce jour
Vous ne m'avez donné que des preuves d'amour ,
Mon père... ! Le bon cœur de Camille l'égare.

En ce moment paraissent au fond Brémont et Dancour.

SCÈNE VIII.

LES MÊMES, BRÉMONT, et DANCOUR , au fond.

DARVILLE , regardant Duval.

Ah ! je suis un bourreau !

HORTENSE.

Mon bon père !

DARVILLE , regardant Camille.

Un barbare... !

HORTENSE.

Grâce... !

DARVILLE à Hortense.

Ah ! qui de nous deux hait l'autre , sinon toi ?
Toi qui veux à tout prix te séparer de moi... ?

DUVAL , s'approchant.

Mais , monsieur...

DARVILLE.

Taisez-vous , monsieur.. ! votre insolence
De tout-à-l'heure prouve assez ce que j'avance :
Si je vous la donnais, je ne la verrais plus.

DUVAL.

De vous avoir blessé je suis vraiment confus ;

7

Mais ne croyez pas moins, monsieur, qu'en votre gendre,
Vous trouveriez toujours un fils soumis et tendre.
N'importe où vous voudrez, nous vivrons tous les trois...

DARVILLE , à part.

Oui , je sais ce que c'est; on reste un ou deux mois,
Et puis après, bonsoir...

Il fronce le sourcil et paraît méditer. Duval remonte. Camille et Hortense s'approchent
de Brémont.

DANCOUR , bas à Duval, au fond.

Quoi... ! l'objet de ta flamme ,
C'est...

DUVAL , bas.

Oui. — tu m'as traité d'hypocrite et d'infâme ,
Jule , — et j'aurai longtemps ces deux mots sur le cœur ;
Mais tu regretteras, j'espère , ton erreur,
Lorsque tu sauras tout. (Dancour lui serre la main.)

DARVILLE , se retournant et apercevant Brémont et Dancour, à Brémont.

Ah ! te voilà ? (1) Je gage
Que tu ne pensais pas voir un pareil tapage.

Il jette sa canne sur le canapé

BRÉMONT

Le contraire m'aurait plus surpris.

DARVILLE.

Ai-je tort ?

BRÉMONT.

Certes !

(1) Hortense,_Camille. Darville , Brémont, Dancour, Duval.

DARVILLE.

Laisse-moi donc… !

BRÉMONT , sérieux.

Tu dois songer d'abord…

DARVILLE.

Morbleu ! Si l'on venait pour t'enlever ta fille.,.

BRÉMONT.

S'il n'eut tenu qu'à moi , depuis long-temps Camille…

DARVILLE , à Camille.

C'est vrai. Vous qui parlez des souffrances du cœur
Et plaidez pour Hortense avec tant de chaleur ,
Pourquoi restez vous fille?…

Dnval regarde fixement Camille comme pour interroger ses sentiments. Camille s'en
aperçoit et fait un léger mouvement.

BRÉMONT.

Eh ! plus on l'encourage

Et moins…

DARVILLE.

Tenez ! le jour de votre mariage
Hortense épousera monsieur, je le veux bien ;
Mais pas avant ; (à part) par-là je ne m'engage à rien.

CAMILLE, souriant avec effort.

Vraiment ..?

DARVILLE.

Oui .. je le jure…,.

CAMILLE , prenant Hortense par la main, et l'amenant devant Darville.

Hortense ! remercie

Ton père... (à Duval en lui faisant signe d'approcher.)

Et vous aussi , monsieur.

DARVILLE (1)

Que signifie...?

CAMILLE , va lentement à Dancour et lui tend la main. (2).

Monsieur Dancour , voici ma main.

DARVILLE.

Comment...!

DANCOUR.

Grand Dieu !

CAMILLE.

Lorsque vous le voudrez, notre hymen aura lieu.

(Brémont embrasse sa fille avec effusion.)

DARVILLE , à lui-même.

Je suis pris...!

Jetant un cri et portant vivement la main à l'une de ses jambes.

Oh...!

TOUS.

Quoi donc...?

DARVILLE , à Brémont.

Diable de promenade...!

Il tombe lourdement sur un des fauteuils de gauche. Duval et Hortense l'entourent. Brémont vient se placer derrière le fauteuil. Camille, debout, au fond, promène ses regards de Duval à Hortense. Dancour suit tous ses mouvements.

(1) Hortense, Camille, Darville, Duval, Brémont, Dancour.
(2) Hortense, Darville, Duval, Brémont, Camille, Dancour.

DARVILLE.

Tu m'as tant fait marcher que j'en serai malade :
Oui... c'est du rhumatisme...! Allons ! me voilà bien...

BRÉMONT.

Puisque monsieur devient ton gendre, ne crains rien.

DARVILLE.

Ah...! tu crois avec lui ma guérison certaine?

BRÉMONT.

J'en suis sûr.

DARVILLE , à Duval.

Dès ce soir à Rouen je vous emmène ;
Vous consentez à vivre avec moi...?

DUVAL.

Trop heureux...

DARVILLE , se levant, avec brusquerie.

Bien. Prenez donc ma fille.

DUVAL ET HORTENSE , allant pour se jeter dans ses bras.

Oh !

DARVILLE , les arrêtant brusquement.

Bon. — Venez tous deux
Vous préparer.., , Portant la main à sa jambe, et regardant sa fille.

Maudit procès...! Maudit voyage...!

Il pousse d'un coup de poing la porte restée entr'ouverte et sort en grommelant. Hortense
après avoir salué Brémont et Dancour, vient embrasser Camille . Duval vient à son
tour vers Camille qui le salue avec le sourire sur les lèvres (1).

(1) Hortense, Camille, Duval, Brémont, Dancour.

CAMILLE

Monsieur...!

Duval sort avec Hortense. Camille va lentement s'asseoir sur la causeuse. Dancour au fond a toujours les yeux fixés sur elle.

SCENE IX.

CAMILLE , BRÉMONT , DANCOUR.

BRÉMONT , *à Camille, d'un air radieux.*

Tu consens donc enfin au mariage ,
Ma chère enfant...! *, A Dancour.,*
   Et vous qui refusiez tantôt
De me suivre...?

DARVILLE , *criant du dehors.*

Brémont, ma canne...!

BRÉMONT.

       Ah! bien !

Il va prendre sur le canapé la canne que Darville y a laissée et sort en courant par la porte du fond. Musique en sourdine à l'orchestre jusqu'à la chute du rideau.

SCÈNE X.

DANCOUR , CAMILLE.

DANCOUR , *s'approchant de Camille.*

        Un mot :
S'il vous fallait un bras pour punir un parjure ,
Camille , je suis prêt à venger votre injure

CAMILLE.

Mais...

DANCOUR.

Ma vie est à vous..., disposez en.

CAMILLE.

Pourquoi ?

DANCOUR , baissant la voix.

Ne vous avait-il pas déjà promis sa foi.. ?

CAMILLE , avec effort.

Non.. Et je ne me plains, monsieur, d'aucune offense.

Dancour l'observe. Elle détourne les yeux.

DANCOUR , avec effusion.

Oh ! n'est-ce pas que c'est une horrible souffrance !
— Plus heureuse que moi, puissiez-vous oublier ;
Et de vous obtenir je serais toujours fier.

Brémont rentre.

Quant à moi, je le sens, la fièvre qui me brûle
Ne finira qu'avec ma vie...

Il sort après avoir salué Camille et Bremont.

SCÈNE XI.

BRÉMONT , CAMILLE.

BRÉMONT , stupéfait de ce qu'il vient d'entendre.

Hein... ?

CAMILLE , absorbée dans sa douleur, à elle-même.

Pauvre Jule !

Il m'a comprise, lui...!

Elle se lève précipitamment.

Va, cours, dis-lui...

BRÉMONT.

Quoi...?

CAMILLE, se ravisant.

Non.

Plus tard...

BRÉMONT.

Tu pleures...!

CAMILLE.

Moi, mon père?

BRÉMONT, avec anxiété.

Qu'as-tu donc...?

Camille ne pouvant plus contenir ses sanglots se jette dans les bras de son père.

FIN DU TROISIÈME ET DERNIER ACTE.